W0338383

DU MÊME AUTEUR

PORTRAIT DE FLEUVE, Éditions Gallimard, « Le chemin », 1991.

PRÉCIS DE MÉDECINE IMAGINAIRE, Éditions Verdier, 2005.

FERDIÈRE, PSYCHIATRE D'ANTONIN ARTAUD, Éditions Verdier, 2006.

RIEN, Éditions Verdier, 2013.

MARCHER DROIT, TOURNER EN ROND, Éditions Verdier, 2016.

PLAISE AU TRIBUNAL, La Fosse aux ours, 2017.

J'AURAI TANT AIMÉ, Éditions Jean-Claude Lattès, 2018.

49 POÈMES CARRÉS DONT UN TRIANGULAIRE, La Fosse aux ours, 2018.

MANIFESTE POUR UNE PSYCHIATRIE ARTISANALE, Éditions Verdier, 2020.

OBSERVATIONS EN TROIS LIGNES, La Fosse aux ours, 2020.

VIRGILE S'EN FOUT, Éditions Verdier, 2022.

SCHIZOGRAMMES, La Fosse aux ours, 2022.

LA LUMIÈRE, L'ENCRE ET L'USURE DU MOBILIER

EMMANUEL VENET

LA LUMIÈRE, L'ENCRE ET L'USURE DU MOBILIER

nrf

GALLIMARD

© *Éditions Gallimard, 2023.*

AUBERGE

Le 16 juillet 1882, Sigmund Freud s'installe dans un café sur la place centrale de Teschen pour écrire à Martha Bernays, sa fiancée, qu'il va rejoindre à Hambourg. Éperdument amoureux, il a laissé en plan sa besogne ordinaire car plus rien d'autre ne compte à ses yeux. En l'occurrence, il abandonne pour quelques semaines de vacances le cabinet de généraliste qu'il vient d'ouvrir à Vienne, de mauvais gré car la médecine l'intéresse peu. Jusqu'à l'ouverture de ce cabinet, il exerçait avec enthousiasme dans un laboratoire d'histologie, où il avait mené des recherches sur les glandes sexuelles des anguilles, le système nerveux de la lamproie, et la physiologie des cellules qu'un de ses collègues proposerait d'appeler neurones une douzaine d'années plus tard.

Parce que l'étape à Teschen doit durer de longues heures et qu'il a bien le temps de visiter la ville, Freud écrit à sa chérie une lettre qui arrivera certainement après lui, mais peu importe. En ce milieu d'après-midi, il est le seul client. Je l'imagine, dans les arômes de tabac, de bière et de café : son bagage posé à ses pieds, attablé devant un encrier et un bloc de papier à l'en-tête de la brasserie, il rêve, la plume en l'air, à sa fiancée et à leurs proches retrouvailles. Au fond, ce que dit cette lettre de Sigmund à Martha tient en quelques banalités : qu'il ne pense qu'à elle, qu'il a hâte de la serrer dans ses bras, qu'il compte les heures — cette prose usée mais touchante de l'attente amoureuse, que des forcenés de la taxinomie psychiatrique ont dénommée névrose de fiançailles. Mais Freud s'en voudrait de paraître commun, alors il cherche un propos plus personnel et, comme souvent, il badine. Il évoque la ville pimpante, la rivière Olza — qu'il prend pour l'Elbe menant à Hambourg alors qu'elle se jette dans l'Oder menant à Stettin —, le café qu'on a tardé à lui servir, le délicieux gâteau qu'il s'est offert, et la fortune qu'il pourrait dissiper dans cette auberge, à force d'y acheter ce qui, d'après lui, s'y vend : *la lumière, l'encre, l'usure du mobilier*. Autour de lui, c'est le silence de l'heure creuse, souligné par le cliquetis d'une horloge et le bruissement léger d'une servante qui fait briller les cuivres. Il regarde les globes en verre blanc des lustres et des appliques ; le papier sur lequel court sa plume ; le bois sombre du guéridon qui brille de mille cicatrices — brûlures et éraflures laissées par la cohorte des clients précédents. Et sa formule, directement inspirée par ce décor, lui plaît parce que, sous ses dehors poétiques, elle lui semble résonner de riches harmoniques philosophiques. Ainsi, Martha aura conscience de ne pas épouser un rustre ou un insensible.

La maîtrise de la lumière par l'homme remonte à la domestication du feu, soit au moins quatre cent mille ans, peut-être le double. Grâce à des foyers soigneusement entretenus, *Homo sapiens* et ses ancêtres ont pu déloger les ours des meilleures cavernes, et fabriquer des torches pour porter la lumière jusque dans leurs tréfonds. Une première forme d'encre a suivi, dilution de pigments qui permit d'en historier, depuis cent mille ans peut-être, les parois. On y trouve les premiers pictogrammes, mais sans doute aussi les ancêtres des lettres. Quant au mobilier, il engloba longtemps les objets d'absolue nécessité, armes, torches et outils, auxquels j'ajouterais volontiers les bijoux, car le besoin de pouvoir et de séduction remonte à plus avant que l'homme. L'usure, elle, était là depuis l'origine et nous survivra.

Bien entendu, on achète beaucoup d'autres choses dans les brasseries où l'on fait halte : de l'ivresse, de la chaleur, des relations plus ou moins solides avec ses congénères, une réputation, ou encore, d'après le poète Robert Droguet, la probabilité faible mais non nulle de voir entrer le pape. Mais la formule de Freud suggère qu'on s'y offre les plus nobles attributs de l'homme : la raison que symbolisent les Lumières ; la langue et sa capture dans un système d'écriture ; et la technique par laquelle les humains fabriquent des lits où dormir et des tables où manger. Cette formule, petit coup d'éclat stylistique d'un homme épris qui se met en route, s'est imprimée en moi dès ma première lecture, et, depuis, je la garde comme un talisman. J'en fais même le titre sous la bannière duquel je me mets en route moi-même, à cette table où je rédige ces premières lignes d'un livre dont je ne sais encore rien, dans l'espoir excessif mais sincère qu'il comblera le manque dont il procède. Après quoi, il me semble que je pourrais mourir en paix.

Mais appareille-t-on jamais sans se fixer un but ? Parmi les embarquements célèbres, l'histoire a retenu ceux de deux adversaires : Ulysse, le guerrier grec ayant participé à l'écrasement de Troie, qui n'aspire qu'à retrouver Ithaque et sa famille ; et Énée, le prince troyen vaincu à qui Zeus donne la mission de fonder Rome. L'Odyssée d'une part, l'Énéide de l'autre, deux voyages semés des mêmes fortunes de mer mais inscrits dans des perspectives opposées : Ulysse croit partir pour renouer avec du connu, quand Énée s'en va créer du nouveau. On le sait, les deux trouveront de l'inconnu dans le familier et du familier dans l'inconnu. Larguer les amarres et commencer un livre exposent à cette issue, et rien n'assure, hélas, qu'il soit possible de mourir en paix.

BROUILLARDS

À Lyon, jusqu'aux années soixante du vingtième siècle, chaque automne ramenait d'épais brouillards. On s'éveillait chez soi mais ouvrait ses volets sur nulle part : les fenêtres ne découpaient aucun paysage terrestre ou céleste, le monde avait disparu au profit d'un écran uniformément blanc. Sur le chemin de l'école, on restait comme enclos dans des rideaux de brume, certes à l'air libre mais presque étonné de ne pas se noyer dans cette vapeur opaque et froide. Il fallait marcher lentement pour ne pas se cogner aux réverbères ou buter sur les trottoirs de la cité Nungesser et Coli. La ville bruissait peu, les voitures allaient au pas. En classe, les vitres feutrées de gris bloquaient toute échappée et créaient une atmosphère plus studieuse. Vers le milieu de la matinée, la masse compacte partait en fumerolles. Peu à peu les acacias de la cour émergeaient, puis le bâtiment d'en face, et enfin, avec le bleu pâle du ciel, les immeubles de la cité. Mais parfois le brouillard ne se dissipait qu'en début d'après-midi. Il arrivait même, au cœur de l'hiver, qu'il ne se lève pas de la journée : avant de s'endormir chez soi on fermait ses volets sur nulle part, et pouvait croire avoir passé tout le jour dans un lointain sans forme. Je me laissais bercer par cet exotisme vague, dont il me reste le souvenir un peu abstrait d'un enchantement.

Avec un à-propos météorologique digne d'éloge, nos instituteurs choisissaient volontiers des passages du *Petit Chose* d'Alphonse Daudet pour la dictée du matin. En faisant sonner les doubles consonnes et sans omettre un signe de ponctuation, ils lisaient lentement des extraits du deuxième chapitre : « Le ciel s'était assombri subitement ; un brouillard épais dansait sur le fleuve ; à l'avant du navire on avait allumé une grosse lanterne. À ce moment, quelqu'un dit près de moi, "Voilà Lyon !" » comme si la ville s'identifiait essentiellement à ses brumes. Ces dictées imprimaient dans mon esprit l'idée qu'un Méridional ne saurait saisir le charme des nuages lourds, de l'humidité, du froid. J'en avais déduit que le premier roman d'Alphonse Daudet déroulait un long réquisitoire contre nos hivers, illusion qu'une lecture d'adulte me permettrait de corriger, bien des années après la disparition des brouillards à Lyon.

S'il est vrai que les trois principales passions humaines sont l'amour, la haine et l'ignorance, le brouillard s'accorde particulièrement bien avec celle-ci : le désir de perdre tout repère, de laisser filer comme un bas sa conscience géographique et d'oublier jusqu'au sentiment d'être soi. Ainsi, dans la plus épaisse des purées de pois, j'aurais voulu ne plus pouvoir du tout me situer, et regrettais de ne pas savoir m'égarer complètement. Je pestais lorsqu'un escalier, brutalement surgi sous mes pas, me rappelait à la disposition du lieu ; ou lorsqu'une haie de troènes me guidait, fût-ce par surprise. J'aurais voulu que, cachée par l'estompe, la ville cesse aussi d'exister dans ma mémoire, de sorte que, parti de nulle part, je n'arrive jamais à destination. En chemin, il m'était agréable de créer une réalité nouvelle autour de moi et de suspendre tout lien avec l'ordinaire : évoluer dans un espace qu'on aurait dit étranger à lui-même, ignorer l'identité des passants que je croisais, n'être pas reconnu par eux — tout cela représentait à mes yeux le summum de la liberté. Les matins de brouillard, réduit à une silhouette méconnaissable, je m'abandonnais à une sensorialité primitive et me contentais de savourer le silence, l'odeur de froidure et le gommage du faubourg sans charme où ma famille avait établi ses quartiers.

À l'école, on nous expliquait le brouillard comme une suspension de gouttelettes ou de cristaux de glace microscopiques autour de particules de suie, ce qui me paraissait relever de l'élucubration pure et simple. Devenu un peu plus confiant dans la science, je dois convenir que cette explication ne manquait pas d'arguments : la ville se chauffait encore beaucoup au charbon, les cheminées crachaient épais et déposaient partout des traînées sombres en plus d'une odeur fade associée à jamais aux matins gris de mon enfance. En centre-ville on circulait entre des façades noircies, et la cathédrale Saint-Jean apparaissait, de loin, comme un boulet d'anthracite posé sur le quai de Saône — alors qu'aujourd'hui l'alignement de ses arcs-boutants évoque un jeu de clavicules blanchies par le soleil. Là encore, ma passion de l'ignorance faisait merveille : j'apprenais la leçon sans la comprendre, et la récitais comme un mantra. Bien plus tard, j'ai appris que notre quartier, situé loin des fleuves, se prêtait à la formation de brouillards de radiation, qui se constituent à l'aurore par évaporation de rosée dans un air froid indemne de turbulences — et de fait, aucun vent ne troublait la paix de ces matins-là. Mais, entre brume et nuage, les brouillards répondent à des phénomènes très variés, décrits par des mots délicieusement savants : advection, surfusion, couche d'inversion et bien d'autres encore. Nos instituteurs simplifiaient, ils ne comprenaient peut-être pas mieux que nous, mais il m'a fallu beaucoup de temps pour oser penser pareil blasphème.

Marguerite et Gustave, mes grands-parents paternels, habitaient une maisonnette dans un quartier pavillonnaire de Bron, rue Martinon. Jusqu'au milieu des années soixante, la rue n'était pas goudronnée et débouchait sur un terrain vague hérissé de chardons, de l'autre côté duquel s'élevaient déjà quelques immeubles modernes et disgracieux. La dernière ferme de Bron se trouvait au bout de la rue, tenue par une vieille paysanne qui élevait tant bien que mal huit vaches et conservait un cheval. Le soir, on allait chercher le lait du lendemain dans une berthe en fer-blanc. À la belle saison, la fermière menait paître son troupeau du côté de l'hippodrome et les rues en terre du quartier s'ornaient de bouses et de crottin — mais l'hiver, les vaches restaient à l'étable. Cette zone grise où finissait la ville marquait mieux les saisons que notre quartier : à partir de décembre on trouvait de la glace dans le bassin d'arrosage et, s'il neigeait, c'était plus abondamment et plus durablement qu'à Lyon. La cuisine de mes grands-parents était chauffée, comme la plupart des intérieurs lyonnais, par une cuisinière à charbon qu'ils appelaient le « phare », et que Gustave « rallumait » chaque matin. C'était un gros fourneau de fonte et de tôle dont il était interdit de s'approcher. Il venait, comme la plupart des poêles de la région, des Fonderies-Aciéries du Rhône, ce qu'attestait le sigle FAR inscrit sur un écusson d'aluminium. Il me semble que peu de gens, en *allumant le phare*, comprenaient ce qu'ils disaient.

CENDRARS

Biographes et grands lecteurs se perdent en conjectures quant aux intentions qui animaient Cendrars lorsqu'il a ficelé, en 1949, le quatrième et dernier tome de son autobiographie, *Le Lotissement du ciel*. On y trouve de tout, même du Cendrars dans la dernière partie, au fil d'une évocation baroque de ce qui peuple le ciel : les oiseaux, les avions, les étoiles et les saints volants. Dans cette liste, Dieu représente le seul grand absent, malgré la dimension religieuse avérée de la lévitation.

Il semble que Cendrars s'était entiché depuis longtemps de saint Joseph de Cupertino, un moine simplet du dix-septième siècle illustrant de la manière la plus littérale le célèbre verset de l'Évangile selon Matthieu, « Heureux les pauvres d'esprit, car le royaume des cieux leur appartient ». Né dans la misère, ce Giuseppe Maria Desa a passé le plus clair de son enfance à bayer aux corneilles, frappé d'une innocence qui l'empêchait d'apprendre vraiment à lire et à écrire. Confié par sa mère au couvent des capucins le plus proche, il en fut rapidement exclu pour inaptitude à toute activité intellectuelle : il fallut presque soudoyer un oncle franciscain pour le faire admettre dans cet ordre, où il resta longtemps garçon d'écurie. Une succession de hasards favorables, voire de miracles, lui permit de prononcer ses vœux malgré son illettrisme et les limitations de son entendement. Mais, une fois ordonné prêtre, il développa un don de lévitation à proprement parler unique : non seulement il s'envolait souvent — on a recensé une bonne centaine d'occurrences de ce phénomène — mais il parvenait à voler à reculons, comme les colibris, les hélicoptères et certains insectes butineurs. D'après les *Acta sanctorum*, aucun autre humain s'adonnant à la voltige sacrée n'a réussi pareille prouesse. C'est sans doute la raison pour laquelle les aviateurs l'ont choisi pour saint patron, et c'est probablement pour cela que Cendrars s'en est emparé pour le traiter avec autant d'espièglerie sérieuse que d'érudition fantasque.

Pillant sans vergogne l'essai d'un certain Olivier Leroy, l'éternel bourlingueur nous inonde de précisions sur les phénomènes de lévitation les plus pittoresques. Il en ressort que seuls deux cent cinq cas ont été homologués par l'Église, et qu'ils concernent une majorité d'hommes, pour la plupart italiens. Les pratiques de l'apesanteur varient beaucoup : on recense des cas de lévitation debout, couché, assis ou agenouillé. La plupart du temps, les extatiques lévitent seuls, à l'exception de saint Jean de la Croix et de sainte Thérèse d'Ávila, qui se seraient élevés de concert à quelques pieds du sol. Si certains saints paresseux ou discrets se contentent de glisser sur un mince coussin d'air, saint François d'Alcántara sidérait son monde par des envols au cours desquels il dépassait la canopée des grands arbres. Au dix-huitième siècle, Gérard Majella pouvait parcourir un kilomètre dans les airs. Saint Thomas de Villanueva resta suspendu en prière pendant douze heures ; probablement plus légère, Christine d'Aquila tint vingt-quatre heures sans toucher terre. On serait tenté d'en déduire que léviter fatigue, mais nul ne peut déterminer si cette action use les forces de celui qui la pratique ou de son Créateur. Charles Lavagna, lorsqu'il lévitait en position assise, voyait sa chaise s'élever avec lui, tandis que saint Alphonse, resté paralysé après une attaque, s'élevait encore mais laissait son fauteuil roulant au sol. Pour la petite histoire, malgré son hémiplégie, il avait des décollages tellement fulgurants qu'il lui arriva de blesser à la mâchoire son accompagnateur, le père Volpicelli. En 1623, le franciscain Urbino Uccello sombra dans une léthargie qu'on prit pour la mort. Lors de ses funérailles, son cercueil s'éleva de trois palmes au-dessus des tréteaux, incongruité qui décida les officiants à le faire ouvrir : Uccello s'y trouvait, collé au couvercle, extatique et parfaitement éveillé. Au dix-huitième siècle, sainte Marie-Françoise des Cinq-Plaies vécut sa première lévitation à l'âge de quatre ans, record de précocité à ce jour non battu. Si ces épisodes se terminent généralement par un atterrissage en douceur, il est arrivé au milieu du dix-neuvième siècle qu'une certaine Marie de Jésus, brusquement désertée par la grâce, retombe assez lourdement pour briser son prie-Dieu et se meurtrir les genoux. On raconte aussi qu'aux environs de l'an 1300, le bienheureux Pierre Armengol fut condamné à la pendaison : il lévita si bien que ses bourreaux en furent pour leurs frais.

C'est le 4 octobre 1630 que Joseph de Cupertino s'éleva pour la première fois, pendant un office et pour sa plus grande gêne. Le fait se reproduisit régulièrement, troublant assez les autres moines et ses supérieurs pour qu'ils exigent son départ du couvent. Ils devaient obtenir gain de cause en 1638. Durant ces huit années, sa lévitation la plus remarquable eut lieu en présence du pape Urbain VIII, qui attesta le prodige sans aucune réserve et proposa d'en verser le témoignage au procès en canonisation, pour autant que frère Joseph montre assez d'arrivisme pour mourir sous son pontificat. Sans doute ces virevoltes aériennes le distrayaient-elles du récent procès de Galilée, qui lui avait valu des scrupules de conscience. On raconte encore qu'en 1645, pour aller embrasser une statue de la Vierge, Joseph survola cavalièrement Don Alfonso Enríquez de Cabrera, l'ambassadeur d'Espagne auprès du Saint-Siège ; et qu'en 1649 sa manière de défier les lois de la gravitation terrestre en célébrant la messe irrita la suspicion d'un duc de Brunswick, lequel passa son épée sous ses pieds à la recherche d'un subterfuge. Enfin, il importe de signaler qu'à sa mort, en 1663, Joseph exhala un parfum délicieux au lieu d'une odeur de corruption.

Dans les années soixante, nous habitions justement avenue Blaise-Cendrars, et fréquentions assidûment la paroisse Saint-Mamert où officiait le père Durieux secondé par un vicaire et une compagnie changeante de diacres ou de séminaristes. Ardent défenseur de la tradition, ce curé apollinien et militant perpétuait autant que possible le rite de saint Pie V, un grand inquisiteur dont le bref pontificat débute après le concile de Trente et s'achève juste avant la Saint-Barthélemy. Ce pape incarnait aux yeux de ma mère un idéal de pureté catholique, apostolique et romaine : il avait poursuivi le mouvement de contre-réforme initié par le concile ; excommunié les anglicans ; publié une constitution contre les juifs ; et même écrasé les Turcs lors de la bataille de Lépante, grâce au rosaire. Au demeurant, un pontife attaché à la perpétuation des traditions romaines — donc au latin et au rite — et à la rentabilisation des indulgences. Pas un mou comme son successeur, Grégoire XIII, qui avait certes activement poursuivi le travail de persécution des juifs, mais qui avait réformé le calendrier en adoptant l'héliocentrisme copernicien, savonnant la planche à ses successeurs lorsqu'il faudrait brûler Giordano Bruno et condamner Galilée. Ainsi, les deux pieds bien ancrés dans une terre immobile autour de laquelle tournait le soleil, Durieux célébrait la messe en latin ; circulait dans le quartier en soutane ; et ferraillait contre le flirt, la contraception, l'interruption de grossesse, le divorce, l'homosexualité, l'euthanasie et toutes les formes d'atteinte à la bonne moralité. D'une érudition forçant le respect, il se montrait inépuisable au chapitre des miracles divins, des apparitions mariales et des œuvres sataniques. Si mon père se contentait de l'admirer, ma mère lui vouait une vénération sans réserve.

Première conséquence, mon frère et moi avons très vite été enrôlés comme enfants de chœur au sein d'un groupe d'une quinzaine de mioches se disputant chaque dimanche les fonctions les plus flatteuses. Avant la grand-messe, dans la sacristie, nous revêtions des aubes blanches ceinturées par un cordon de coton rouge qu'il fallait nouer de manière à former une sorte de scoubidou, et le père Durieux répartissait les tâches. Tout le monde aspirait à être thuriféraire, ce qui supposait de maîtriser le maniement complexe de l'encensoir et de bien connaître les étapes de l'office. En général, cette charge revenait au servant le plus âgé, assisté d'un jeunot transportant la navette d'encens et appelé naviculaire. Le cruciféraire emmenait la procession de sortie derrière sa haute croix de cuivre martelé, les céroféraires portaient des flambeaux, et les acolytes se chargeaient des ustensiles nécessaires au bon déroulement de la transsubstantiation — burettes ou plateau de communion. C'est là que j'ai connu mes copains Thierry Bonnardier et Bruno Corbin, et découvert que les vertus théologales ne protègent d'aucune mesquinerie : dimanche après dimanche, c'était à qui se mettrait le plus en avant et singerait la plus grande piété. Nous étions sans doute consternants, mais d'une louable persévérance dans le ridicule.

Malgré le caractère apparemment autobiographique de la *Prose du transsibérien*, rien ne nous assure que Cendrars ait jamais pris ce train. On connaît sa repartie à la question de Pierre Lazareff : « Qu'est-ce que ça peut faire puisque je te l'ai fait prendre ? » Avec Joseph de Cupertino, ses galéjades sont plus assumées, mais ne s'interdisent pas pour autant l'effet comique. Pour ma part, jusqu'à l'âge de douze ans, j'ai cru sans réserve et avec le plus grand sérieux à ces fables.

DIABLE

Entre trois et douze ans, je savourais tous les jours ma chance d'être né dans la religion catholique apostolique romaine, la seule agréée par le vrai Dieu Soi-même. Ma mère m'avait expliqué très tôt que j'avais un père céleste encore plus puissant que mon père terrestre, que ce père S'intéressait à mes actions et connaissait tout de mes pensées, qu'Il pouvait tout pardonner mais qu'Il punirait les infidèles et les mauvais chrétiens le jour du Jugement dernier. Face à cette perspective de justice parfaite, j'ai longtemps plaint les enfants nés sous d'autres ciels, à qui leurs parents faisaient croire des balivernes qui les mèneraient tout droit en enfer. Au catéchisme, le père Durieux nous berçait de récits merveilleux, résurrection de Lazare, marche sur l'eau ou multiplication des pains ; et chaque soir je priais avec ferveur Marie d'intercéder pour mon salut. Jusqu'à douze ans j'ai eu la foi du charbonnier, puis elle s'est volatilisée aussi brusquement qu'elle était venue quand j'ai compris qu'on me menait en bateau. Adolescent et jeune adulte, j'ai réfuté l'existence de Dieu, puis j'ai dû me résoudre à considérer qu'Il représente au moins une entrée du dictionnaire. Après tout, Jupiter existe aussi, et Emma Bovary survit à Flaubert : il faut admettre que les personnages des grands mythes ou des grands romans nous livrent — par la féerie, l'artifice ou le mensonge — de vrais sujets de méditation. Dieu existe au moins dans le langage, dont on aurait tort de sous-estimer la puissance. Il convient donc de s'en méfier.

Enfant, j'ai vite observé que notre Seigneur ne jouissait pas du même statut pour chacun de mes parents. Mon père Le considérait comme une sorte d'impôt dont il faudrait s'acquitter pour se mettre en règle avec l'au-delà. Sa morale personnelle exigeait de lui trois actions simples : pratiquer la religion catholique, voter à droite et acheter français. Outre son assiduité à la messe, il roulait donc pour De Gaulle, et toujours en Peugeot. Ma mère, elle, adorait Dieu et vénérait Ses prêtres sans aucune réserve. Lorsqu'elle chantait le Credo sous la nef de Saint-Mamert, elle souscrivait à toutes les propositions, de la résurrection de la chair à la virginité de Marie, de la rédemption des péchés à l'unicité de Dieu — bien qu'elle connût les hésitations de ses inventeurs, qui en avaient bricolé la figure à partir du tétragramme fondateur en passant par Élohim, Yahvé ou Jéhovah. Elle croyait au purgatoire, aux limbes, à l'indissolubilité du mariage sacré et aux apparitions de la Sainte Vierge. Mais, acquise à la raison dialectique la plus rigoureuse, elle croyait aussi, dur comme fer, à Satan, sa pompe et ses œuvres. Et elle vouait une ferveur toute particulière aux personnages qui, tel le moine fou des *Frères Karamazov*, entretiennent un commerce quotidien et belliqueux avec le Diable.

Parmi les religieux célèbres et cinglés qu'elle vénérait, il faut citer notre gloire locale, Jean-Marie Vianney dit le Curé d'Ars, un simple d'esprit nuitamment visité par Satan qui mit un jour le feu à son lit, fort heureusement sans autre dommage que matériel. Nous allions de temps en temps en pèlerinage dans ce village de la Dombes où une châsse expose son corps qui me semblait être en celluloïd, et nous nous faisions peur à l'évocation de ses démêlés avec l'Adversaire. Mais ma mère éprouvait une admiration beaucoup plus grande pour le Padre Pio, un moine volant que Cendrars mentionne furtivement dans *Le Lotissement du ciel.* Né en 1887 près de Naples, et mort en 1968, ce père pieux prononça jeune ses vœux de capucin. Ayant à peine doublé le cap de la trentaine, il vit ses mains et ses pieds se percer de stigmates. D'abord soupçonné d'automutilation, il fut blanchi par un conseil de médecins formés à distinguer les blessures profanes des plaies sacrées. Commençait alors une longue série de miracles dont ma mère ne se lassait pas : capacité d'apparaître à deux endroits en même temps, odeur de sainteté, aptitude à jeûner deux mois entiers sans même boire une goutte d'eau, résistance à une fièvre de quarante-huit degrés, don des langues, guérisons miraculeuses et lévitation. On vint de l'Italie entière solliciter son action directe ou son intercession avec l'au-delà. Mais le saint homme payait cher le prestige que lui valaient ses pouvoirs, car Satan ne tarda pas à s'introduire la nuit dans sa cellule pour le tourmenter. Terrifiés, ses frères capucins l'entendaient crier et renverser les meubles dans sa lutte contre le Démon. Lequel se rendait naturellement invisible ou empruntait les traits d'un membre de la communauté pour tromper son monde, se battait comme se battent les voyous, et perdait chaque nuit la bataille. Ma mère oubliait de préciser que le Padre Pio bénissait avec ferveur les fascistes, et que ses tours de magie lui avaient permis d'accumuler une fortune qu'il avait soustraite à son ordre grâce à un montage astucieux. Sans doute pensait-elle que, dans Son infinie miséricorde, notre Seigneur aime toutes ses brebis, même en chemise noire, et que le vœu de pauvreté suffit à moraliser l'enrichissement. Pour mémoire, le Curé d'Ars recevait lui aussi des enveloppes bien garnies pour dédier des messes à une cause ou à un défunt. Dans les années 1820, il a encaissé le montant de trente-six mille messes par an, soit une centaine par jour, environ une tous les quarts d'heure à condition de ne pas dormir ni manger. On n'est jamais trop attentif aux aspects financiers de la vie spirituelle.

Ce que Dieu a oublié, lorsqu'il a percé les paumes du Padre Pio, c'est qu'il est quasiment impossible d'enclouer un humain de cette manière : les os et les ligaments du métacarpe ne supporteraient pas longtemps le poids de son corps, la main se déchirerait et le crucifié chuterait, au pire retenu par les pieds, au mieux gravement mutilé mais libre de s'enfuir. On plantait donc les clous au bas de l'avant-bras, entre radius et cubitus, et il aura fallu le romantisme des mauvais peintres pour imaginer qu'on suppliciait l'organe du travail, du vol et de la masturbation. Quant à moi, d'avoir su très jeune que le Diable pouvait se rendre invisible et entrer dans ma chambre pour me rouer de coups ou incendier mon lit, m'a vite détourné du mysticisme. Chaque soir, je priais la Sainte Vierge et mon ange gardien de me faire dormir d'un sommeil de plomb jusqu'au matin suivant. À Lyon, je me sentais à peu près en sécurité, mais l'été, lorsque nous partions dans notre maison de famille aux Fages, j'appréhendais le silence des heures les plus noires, sur lequel se détachait l'affolant tapage des prédateurs nocturnes. Chaque soir ramenait ma hantise d'une attaque du Malin à l'heure où la maisonnée dormait, chaque aurore le soulagement d'avoir traversé sans conscience ni dommage les périls de la nuit.

Dans ces années propices aux brouillards épais et aux croyances terrifiantes, mes parents avaient noué une amitié solide avec un couple de paroissiens beaucoup plus aisés, Jacques et Pierrette Magnan. Lui, polytechnicien, travaillait comme ingénieur pour une entreprise pétrochimique. Elle, héritière de la grande bourgeoisie lyonnaise, élevait leurs quatre enfants et se passionnait pour les loopings de Joseph de Cupertino, les stigmates du Padre Pio ou la diététique de Marthe Robin — une championne de jeûne qui se nourrissait d'une hostie par jour depuis 1930. Entre ma mère et Pierrette Magnan, c'était à qui dénicherait le miracle le plus étonnant ou la diablerie la plus spectaculaire au sein du grand-guignol catholique. Toutes les deux s'adonnaient à un concours d'apparitions mariales, au sujet desquelles elles pouvaient discuter pendant des heures. Elles affichaient des préférences : ma mère en tenait pour Notre-Dame de Fatima, au Portugal, quand Pierrette Magnan défendait la Sainte Vierge italienne de San Damiano. C'était la même mère de Jésus, mais au Portugal elle mettait en exergue sa haine du bolchevisme, alors qu'en Italie elle désavouait subtilement l'œcuménisme de Vatican II. Pierrette Magnan et ma mère se rejoignaient en revanche dans une commune aversion pour Notre-Dame de Lourdes, dont le taux de guérison miraculeuse stagne autour d'un sur cent mille et qui cautionne un juteux commerce de bondieuseries. Chez nous, on voulait de l'apparition sérieuse et de la théologie édifiante.

À Fatima, la Vierge s'est montrée six fois à trois enfants bergers entre mai et octobre 1917. Elle apparaissait à midi au sommet d'un petit chêne, le 13 de chaque mois — sauf en août, parce que les enfants avaient été placés en garde à vue pour trouble à l'ordre public. Ce mois-là, elle est donc apparue le 19. La première fois, les petits bergers étaient seuls avec leurs bêtes, ils ont rapporté à leurs parents le témoignage de cette rencontre insolite, et ont annoncé que la Sainte Vierge leur avait donné rendez-vous le mois suivant. Le 13 juin, une cinquantaine de villageois les accompagnent, en juillet il y a deux mille personnes et la presse diffuse l'information, de sorte qu'en août il y a cinq mille pèlerins plus ou moins convaincus lorsque les enfants sont retenus par la police, et en septembre dix mille. Comme la Vierge promet un joli miracle pour le mois suivant, vingt mille personnes se pressent en octobre aux abords du chêne dont il ne reste que dix centimètres de tronc, beaucoup de spectateurs ayant prélevé une branchette, une feuille ou un éclat d'aubier à toutes fins utiles. À vrai dire, il ne se passe pas grand-chose : seuls les enfants voient la Vierge. Lucie, la plus grande, dialogue avec Elle ; Jacintha, la plus jeune, La voit et L'entend mais ne Lui parle pas ; Francisco La voit mais n'entend rien, c'est bien un garçon. La foule ne voit pas Marie, mais tout au plus un petit nuage blanc qui vient s'arrêter pile au-dessus de ce qu'il reste de chêne, et encore n'est-il pas donné à tout le monde de l'apercevoir. En octobre c'est le grand barnum appelé miracle du soleil : d'après les témoins, la pluie diluvienne qui tombait depuis l'aube s'arrête comme par hasard à midi, laissant place au soleil qui tournoie dans le ciel, à moins qu'il ne se colore de rose, ou de bleu, ou de violet, ou de toutes les couleurs de l'arc-en-ciel : sur ce point, les avis divergent. Certains témoins voient même notre étoile foncer vers la terre, heureusement sans aller jusqu'au bout de sa course. Cette fois, la preuve est donnée qu'il se passe quelque chose de hautement surnaturel à Fatima. La Madone aura livré trois secrets au cours de ces six apparitions : primo, l'enfer est vraiment moche ; secundo, il faut consacrer la Russie au Sacré-Cœur de Marie ; et tertio, secret gardé jusqu'en 1960 dans les archives du Vatican, des ennemis de la foi allaient surgir pour tuer un pape et quantité de prêtres. Vu l'époque, il s'agissait probablement des bolcheviques, mais lorsque Jean XXIII ouvrit l'enveloppe, quarante-trois ans après, aucun pape n'avait été tué, de sorte qu'il n'en pensa pas grand-chose. Son successeur, Paul VI, non plus. Il faudrait attendre Jean-Paul II, Polonais rompu à la sémantique du communisme, pour élucider la nature politique du message une vingtaine d'années plus tard : le 13 mai 1981, soixante-quatre ans jour pour jour après la première apparition à Fatima (soixante-quatre : huit fois huit, deux puissance six, toute une symbolique sur laquelle on pourrait gloser longtemps), Dieu autoriserait un certain Mehmet Ali Ağca à tirer au pistolet sur le pape, et Marie détournerait la balle pour l'empêcher d'atteindre un organe vital. Il ne restait plus qu'à inventer un lien entre Mehmet Ali Ağca et les services secrets soviétiques pour résoudre l'énigme confiée à Lucie : au fil de versions fluctuantes, l'assassin maladroit mais conciliant endossa le rôle de bras armé du Kremlin, après avoir invoqué le Front de libération de la Palestine, la CIA, l'extrême droite turque et son propre fanatisme religieux. En tout cas, on peut noter qu'en octobre 1917 Lénine avait gagné la première manche, et aussi que la Vierge n'était pas très reconnaissante avec Jacintha et Francisco, qui devaient mourir de la grippe espagnole une paire d'années après l'avoir rencontrée.

De son côté, Pierrette Magnan en pinçait pour Rosa Quattrini, dite Mamma Rosa, qui vivait à San Damiano en Émilie-Romagne, et entretenait depuis 1961 des liens soutenus avec la Sainte Vierge. Tout avait commencé le jour de la Saint-Michel par l'arrivée d'une inconnue très belle. Mamma Rosa souffrait alors d'une constipation opiniâtre due à des séquelles de césarienne, et se sentait agonisante. L'arrivante la guérit sur-le-champ par imposition des mains, puis lui donna une fiole d'eau miraculeusement laxative dans laquelle elle avait placé un peu de terre de Palestine, quelques feuilles d'olivier et un morceau de cierge consacré. Elle lui ordonna ensuite d'aller voir le Padre Pio, qui entérina le miracle dans un premier temps avant de se rétracter et de l'attribuer à Satan, son meilleur ennemi. À l'automne 1964, la Madone se présenta en personne sous l'identité de Notre-Dame-des-Roses. Elle apparut dans le ciel, au-dessus du poirier, qui resta en fleur trois semaines malgré la saison, et Elle promit de revenir le premier vendredi de chaque mois, visible ou non, pour délivrer Ses messages. C'était une Madone un peu rabâcheuse, qui n'ordonnait guère que de prier, d'adorer Dieu et d'aimer son prochain, mais qui préconisait aussi le port du foulard béni pour obtenir protection, purification et guérison. Des boutiques de ces *fazzoletti* fleurirent, permettant d'augmenter, pour une somme modique, ses chances de salut, y compris terrestre. Pierrette Magnan défendait le pèlerinage de San Damiano avec d'autant plus d'ardeur qu'il était mal vu par les autorités ecclésiastiques de cette époque, en particulier par Paul VI qui se piquait de modernisme et avait entériné un concile visant à transformer les catholiques en protestants. À la fin des années soixante elle fit le pèlerinage en compagnie de quelques grenouilles de bénitier, réussit à extorquer une bénédiction à Mamma Rosa, et ramena, avec son *fazzoletto*, un virus de gastro-entérite qui la cloua une semaine au lit.

Le dimanche, on invitait parfois les Magnan à déjeuner, et certaines fois le père Durieux et son vicaire, qui prononçaient alors le bénédicité en latin. Dans ce genre d'occasion, ma mère sortait la nappe en damassé brodée aux initiales d'une aïeule, les porte-couteaux de verre taillé et une élégante brouette en inox transportant la salière, la poivrière et le pot à moutarde, cadeau publicitaire de l'enseigne où elle achetait nos vêtements par correspondance. Au cours de ces déjeuners interminables, on ne parlait guère que des controverses qui déchiraient l'Église entre les partisans de Vatican II et les adeptes de saint Pie V : d'un côté, les quasi-parpaillots acquis au clergyman, à la célébration en français et à la communion dans la main ; de l'autre, les vrais chrétiens prolongeant les traditions chères au Christ, soutane, messe en latin et communion dans la bouche. Personne ne se demandait jamais pourquoi Dieu préférait le latin à l'araméen, la langue de Son fils, ou au grec, la langue des Évangiles, ou encore à l'hébreu parlé en Palestine ; ni combien d'argent avait rapporté le purgatoire ; ni par quel paradoxe le onzième commandement tolérait les bûchers de l'Inquisition, allumés pour réprimer l'interprétation dualiste de la Bible, c'est-à-dire une légère querelle de traducteurs. On s'offusquait des outrances proférées par les légions de mécréants selon lesquels Jésus aurait été le premier hippie, ou un charmant schizophrène. La tablée doutait même qu'il eût été juif.

Tout en percevant confusément la folie de ce dogmatisme, je lui accordais ma confiance. Après tout, ma mère travaillait aux Chèques postaux où régnait la froide logique de l'arithmétique : un compte n'y pouvait être que débiteur ou créditeur, deux plus deux n'y pouvaient faire que quatre. Imprégnée par ce rationalisme et éprise de sincérité, elle ne se serait jamais abaissée à nous raconter des fariboles. C'est pourquoi je croyais dur comme fer aux élucubrations des petits bergers portugais ou à la guérison miraculeuse de Mamma Rosa, et serais mort martyr pour défendre ces sottises, qui fournissent le plus sûr moyen de fabriquer des mécréants. Puis j'ai compris que ma mère, malgré une présentation on ne peut plus ordinaire, cultivait un petit grain de folie qu'elle parvenait, heureusement, à cantonner au folklore chrétien. Mais le jour où j'ai découvert le vertige de l'orgasme dans les bras de ma première amoureuse, la pensée d'avoir commis un péché mortel a terni mon plaisir : à m'en tenir aux axiomes du catéchisme, j'avais pris un aller simple pour l'enfer, à moins que je n'aille vite me faire absoudre au confessionnal et ne renonce aux délices de la chair. Il m'a fallu du temps pour me persuader que je ne risquais rien parce que le Diable n'existait guère, lui aussi, que dans le dictionnaire et dans la part mauvaise de l'homme. On le retrouve donc surtout dans les journaux à la page des faits divers, et dans une certaine littérature où il se montre, du reste, affreusement monotone, dans la sauvagerie comme dans la lubricité.

EAU

Dans ma famille, personne ne savait nager vraiment. Ma grand-mère Marguerite connaissait les gestes de la brasse, qu'elle m'a enseignés dans l'air, à plat ventre sur un tabouret. En milieu aquatique, j'ai vite compris que cette gestuelle théorique ne m'aiderait guère. Mes autres grands-parents étaient d'avis qu'il valait mieux s'abstenir de baignade et que, si l'on ne pouvait éviter d'entrer dans l'eau, il valait mieux rester près du bord. Mon père, qui n'a jamais possédé de maillot de bain, se serait trempé une fois jusqu'à mi-cuisses dans l'océan Atlantique un jour de canicule, et mal lui en prit : un rouleau plus haut que les précédents le déposa brutalement sur la plage tout en emportant ses lunettes, ce qui lui ôta définitivement l'envie de récidiver. Quant à ma mère, elle disait avoir appris à nager dans son adolescence, et aurait réussi à traverser une passe étroite mais profonde de six mètres. Le récit de cet exploit a toujours brillé par son flou, mais j'ai assez rapidement compris que cette première fois n'en appelait pas de deuxième : ce qui est fait n'est plus à faire.

J'en avais déduit que je ne saurais jamais nager, ou

alors sur quelques mètres et uniquement en cas d'absolue nécessité. Je distinguais donc deux catégories de retenues ou de cours d'eau : ceux où j'avais pied et une chance de survie, et ceux où je me noierais à coup sûr. Concrètement, d'un côté les mares, les bassins et les gros ruisseaux qu'on traverse à gué, dans lesquels il fait bon patauger et construire des barrages de cailloux ; de l'autre, l'écrasante majorité des lacs, étangs, fleuves et océans. La piscine, où il m'arrivait d'aller avec l'école, symbolisait par son sol en pente cette distinction : d'un côté, un mètre de profondeur, le lieu du plaisir, des éclaboussures et du rafraîchissement ; de l'autre, une fosse de trois mètres, dévolue à la noyade et placée sous le signe de Thanatos ; entre les deux, un vaste miroitement bleu turquoise, attirant et trompeur, sous lequel on ne savait jamais à quoi s'attendre. Il en résulte que j'ai longtemps été fasciné par cet élément si désirable et si dangereux. Enfant, je ne pouvais apercevoir la surface d'un cours d'eau sans en demander aussitôt la profondeur, et mes parents inventaient chaque fois une réponse que je prenais pour argent comptant. Comme ils avaient peur que l'idée me prenne d'y plonger, ils ne l'évaluaient jamais à moins de deux mètres — le plus souvent ils penchaient pour huit à dix mètres, ce qui suffisait à me rendre inenvisageable toute tentative d'immersion. Pour mieux marquer le péril d'une baignade sauvage, ma mère ajoutait volontiers des tourbillons, des remous et des courants irrésistibles. En outre, la rumeur des Fages colportait qu'on avait découvert le cadavre d'un homme, les deux jambes prises dans un tonneau de béton, lorsqu'on avait vidé l'étang de Malgeoire : ce probable règlement de compte lié au banditisme lyonnais des années soixante-dix m'a durablement épouvanté. Cela explique pourquoi la baignade a longtemps eu, dans mon esprit, le parfum d'une transgression.

Malgré tout, certains dimanches de canicule, nous allions nous baigner en Saône du côté de Montmerle ou de Trévoux. Sous le cagnard, la rivière scintillait et les berges exhalaient une odeur de pêche et de limon. Nous nous installions sur une banquette herbeuse plantée de saules, au plus près d'un affaissement donnant accès à l'eau, les parents en tenue de ville, mon frère et moi en maillot de bain et sandales de plastique, et nous avions le droit d'entrer dans l'eau jusqu'aux genoux. Le lit de la rivière s'enfonçait vite, il fallait prendre garde à ne pas offrir trop de prise au courant, à ne pas trébucher, à ne pas s'enfoncer dans la vase. La trempette était brève, après quoi notre père nous apprenait à faire des ricochets, et lorsque nous ne trouvions plus de galets assez plats pour poursuivre l'initiation, c'était l'heure de rentrer. Au prix d'un risque réel de se faire emporter par la rivière, nous avons dû nous forger une précieuse immunité dans ce bouillon de culture diluant les égouts de Mâcon, Tournus, Chalon et Gray, pour ne citer que les principaux.

(Beaucoup plus tard, j'apprendrais que Jacques Chauviré, qui a exercé pendant quarante ans la médecine à Neuville-sur-Saône, serait devenu romancier en partie à cause de cette rivière : d'après la légende, dans les années cinquante il aurait conseillé aux parents d'un de ses petits patients des baignades en Saône afin de développer sa musculature. Trop faible pour lutter contre le courant, l'enfant se serait noyé, provoquant une crise de conscience chez son médecin. Chauviré admirait Albert Camus, à qui il livra sa culpabilité et sa difficulté à accepter l'absurdité de cette mort, ou du malheur humain en général. Une correspondance entre eux s'installa, par laquelle Camus convaincrait peu à peu le médecin de confier son questionnement éthique à la littérature. En 1958, Gallimard publiait son premier roman, *Partage de la soif*. Moins de deux ans après, Camus disparaissait dans un accident de voiture entre Lourmarin et Paris, au lendemain d'une étape à Thoissey, localité située en bord de Saône, légèrement au nord de Trévoux. Quelques années plus tard, et ce n'est sans doute pas un hasard, Chauviré situerait dans cette région son plus grand roman : *Les Mouettes sur la Saône*, un chef-d'œuvre, injustement méconnu.)

À l'orée de l'adolescence, j'ai compris que notre rapport à l'eau était régi par deux lois universelles ; premièrement, le corps humain a spontanément tendance à couler ; deuxièmement, les filles préfèrent les garçons qui flottent. Mon meilleur copain de classe, Bruno Corbin, avait sur moi une large avance en matière de natation et m'entraînait régulièrement à la piscine de la rue Garibaldi ou à celle de Bron, bassins où j'essayais d'expérimenter sous sa houlette la prétendue portance de l'eau. Avec une patience d'ange il a essayé de m'enseigner la planche, le crawl et la brasse coulée, et fait boire des litres d'eau chlorée. La première fois que j'ai réussi à nager une largeur sans poser le pied au fond, je me suis senti l'étoffe d'un héros. Je devais avoir douze ans, et beaucoup de mal à attirer le regard des jeunes filles. Mais, avec Bruno, je m'offrais en douce un festin visuel d'anatomies féminines qui doublait mon entorse à la gravitation d'une transgression plus triviale, certes, mais pas moins jouissive.

De cette époque où nager équivalait quasiment à défier les dieux, il me reste une légère épouvante qui toujours se mêle aux plaisirs des bords de mer, des grands fleuves et des lacs alpins. Sous le chatoiement de l'eau, je ne peux m'empêcher de flairer des gouffres, des monstres, des périls. Un soir de juillet, revenant de Trévoux en bateau avec mon ami Vincent, presque libéré de ces terreurs d'enfant, je me suis laissé aller à admirer sans arrière-pensée le paysage. Nous arrivions à Couzon dans la lumière dorée du crépuscule. De grands arbres jetaient leur ombre sur l'eau tranquille, les maisons des rives ne s'étaient pas encore allumées, et le calme de ce morceau de rivière nous procurait un sentiment d'irréalité. Soudain, s'élevèrent des caquètements affolés dans le raffut d'un envol de canards. J'eus tout juste le temps de voir un caneton happé par une gueule évoquant celle d'un chien. C'était un silure qui, n'ayant pas trouvé de proie en profondeur, était monté chasser. Et, de nouveau, s'installait en moi la hantise de ce qui se cache sous les séductions de l'eau. L'hiver suivant, alors que la Saône était grosse et trouble, le même bateau se ferait emporter sur le barrage à l'aval duquel Vincent coulerait à pic et se noierait. Comment nager l'esprit totalement en paix, avec de tels souvenirs en tête ?

FEMMES

Comme la majorité des humains, la première femme que j'ai rencontrée fut ma mère, qui en connaissait un rayon sur Dieu, le Diable et son train, mais qui ne savait pas vraiment nager, ne voyageait pas en avion, ne savait pas garder son équilibre sur une bicyclette et n'a jamais pu apprendre à conduire. Je lui dois un enseignement précieux mais peu utilisable sur l'amour : d'après elle, lorsqu'il est véritable, ce sentiment repose sur un pacte moral solide comme le marbre, instituant entre ceux qu'il unit fidélité, procréation et assistance mutuelle. Elle appréciait la définition de Saint-Exupéry, mais pour elle, regarder ensemble dans la même direction signifiait projeter ensemble d'avoir des enfants, d'en faire de bons élèves pour leur donner un bon métier, puis d'attendre qu'à leur tour ils trouvent un conjoint avec qui regarder ensemble dans la même direction pour lui donner des petits-enfants et ainsi de suite. Selon cette logique, le processus suivait une ligne droite et indemne d'accident. La Providence y tenait son rôle, en veillant à ce que les tourtereaux s'entendent définitivement, et en bonifiant leur attachement réciproque au fil des années. Elle affirmait que Bismarck aurait écrit à sa femme qu'il ne l'avait pas épousée *par* amour, mais *pour* l'aimer. Quant à moi, j'étais prêt à concilier ces deux logiques, et c'est dans cet esprit que j'ai rencontré la première femme de ma vie, à l'âge de dix ans.

Elle s'appelait Cécile Mugnier et, comme moi, préparait sa communion solennelle. À la paroisse Saint-Mamert, le père Durieux ne badinait pas avec la morale et imposait une stricte séparation des sexes : durant les deux jours de récollection destinés à notre édification spirituelle, garçons et filles suivaient des séances de catéchèse dans des salles différentes, et l'ensemble du groupe ne se retrouvait que deux fois par jour pour des offices à l'église, les filles à droite du chœur et les garçons à gauche. Le hasard — à moins qu'il ne s'agisse de la Providence ou de la volonté divine — l'avait assise exactement en face de moi, de sorte que, matin et soir, je pouvais admirer pendant une heure son ravissant minois. Brunette, elle était sagement vêtue d'une jupe plissée et d'un chemisier blanc sous lequel pointait une poitrine déjà bien formée. Comble du raffinement, elle portait en bandoulière un réticule de skaï noir soutenu par une chaînette en plastique doré. Le soir du premier jour, je chavirais déjà d'amour pour elle, et j'anticipais le déroulement d'un lent et délicieux programme conjugal dont les étapes restaient floues. Il y aurait sans doute des baisers, des dénudations progressives, des joies simples et des bonheurs sans nuage. Le soir du deuxième jour j'étais follement épris, et mis longtemps à m'endormir. Quand arriva le dimanche de la cérémonie, elle était tellement belle dans son aube et sous sa voilette qu'à sa seule vue mes joues s'empourprèrent et je sentis mes jambes flageoler. J'ai appris son nom par mon copain Bonnardier, dont la sœur fréquentait la même classe, et j'ai longtemps espéré que le destin ferait se croiser nos routes.

Cécile, mon élue, ma fiancée, mon amante, ma femme — Cécile si sage dans sa jupette bleu marine et ses souliers vernis, serrant contre son flanc la bourse où elle rangeait ses trésors de fille. Je ne la croisais guère que le dimanche à la grand-messe. Faute de savoir quelle contenance prendre, tout en feignant l'indifférence je la guettais du coin de l'œil : elle s'éloignait rarement de son père, un grand bonhomme tiré à quatre épingles, et de sa mère, une petite femme boulotte à l'œil malicieux. Parfois elle allait discuter avec une camarade d'école ou de catéchisme, sans jamais se départir de son expression raisonnable et de sa timidité. J'ai essayé d'en savoir un peu plus sur elle par la sœur de Bonnardier, mais en vain : trop différentes, les deux filles ne se fréquentaient pas. J'ai cultivé des scénarios de séduction influencés par les westerns ou mes livres d'aventures — aller la chercher au péril de ma vie dans son appartement en flammes, tuer d'une balle entre les deux yeux le tigre qui s'apprêtait à la dévorer, m'interposer entre elle et l'*outlaw* qui cherchait à l'enlever — mais les circonstances restaient peu propices à une telle fortune. Deux ou trois ans après notre communion, l'événement que j'avais tant espéré s'est produit à l'improviste : je l'ai croisée sur le parvis de Saint-Mamert, où sans doute elle était allée se confesser. Surpris de me trouver soudain nez à nez avec la femme de ma vie alors que je pensais à tout autre chose, je lui ai adressé un hochement de tête peu gracieux, auquel elle n'a pas pris la peine de répondre.

Vers quatorze ans, j'ai rencontré ma deuxième future épouse, et Cécile Mugnier, décidément trop inaccessible, a plongé dans les fonds de ma mémoire, où survit encore son image de communiante figée dans l'évanescence de sa grâce révolue.

La deuxième femme de ma vie se lavait les cheveux à l'huile de cade, ce qui lui donnait un parfum totalement nouveau pour moi, et m'enivrait. Elle m'a comblé de tendres baisers tout un printemps, et m'a quitté au début de l'été pour un motard de dix-huit ans qui lui procurait des sensations plus fortes. Mon cœur a longtemps saigné, jusqu'à ce qu'une autre jeune fille entreprenne de me consoler, avant de partir consoler un de mes meilleurs amis. De toute évidence, les relations amoureuses pouvaient déroger aux principes que m'avait enseignés ma mère. Je me suis encore fait saccager le cœur par deux ou trois épouses potentielles avant de rencontrer les pères en poésie qui me guériraient en douceur de mes illusions : Georges Brassens chantant la femme-poisson qui, de l'amour, lui fit avaler la première arête — qu'on imagine suivie de beaucoup d'autres ; Léo Ferré affirmant que si on aime c'est jusqu'à la mort, mais qu'on meurt souvent et qu'on peut s'accorder le droit d'aller griller une cigarette avant de ressusciter ; et Guillaume Apollinaire qui m'a présenté Rosemonde, l'inconnue à qui il a donné toute sa vie, un jour, pendant plus de deux heures. Il va de soi que, pour un jeune homme élevé dans le rite de saint Pie V, ces poètes représentent de mauvaises fréquentations, mais ils me sont, aujourd'hui encore, d'une plus grande aide que Dieu dans les moments difficiles.

Depuis, j'ai appris qu'Otto von Bismarck a commencé par mener une vie de patachon avant de s'éprendre, à l'approche de la trentaine, de Marie von Thadden, fiancée à son meilleur ami. Celle-ci, éprise de lui en retour mais considérant une rupture de fiançailles comme une forfaiture, organisa la table de ses noces pour que l'homme de son cœur dîne à côté de Johanna von Puttkamer, sa meilleure amie. Faisant contre mauvaise fortune bon cœur, Bismarck fit la cour à Johanna pour complaire à Marie, l'épousa, lui fit trois enfants et, petit à petit, s'accoutuma à l'aimer. Il lui écrivit des lettres que ma mère aurait sans doute aimé recevoir, mais que je n'ai jamais su écrire.

J'ai aussi appris que Cécile Mugnier s'était suicidée en 2016 après avoir déposé contre le père Durieux, accusé d'avoir violé plusieurs fillettes du catéchisme. Âgé d'environ quatre-vingt-cinq ans, Durieux est mort peu après sa mise en examen, peut-être de remords mais plus probablement en mésusant habilement de ses médicaments de vieillard. Dans ma famille, on n'en a pas parlé : je savais depuis belle lurette que le Diable représente la part mauvaise de l'homme — tandis que, de leur côté, mes parents, toujours adeptes de saint Pie V, ne pouvaient croire qu'à une machination. On aurait disputé en pure perte. J'ai donc gardé pour moi la douleur que me valait cet événement, qui doit moins au deuil d'une amoureuse idéalisée qu'à la nostalgie des brouillards de mon enfance.

GUERRES

Pour être né quatorze ans après la fin de la Seconde Guerre mondiale, j'ai longtemps voulu croire que mon histoire personnelle en était épargnée. Cette arrivée sur terre au milieu des Trente Glorieuses entretenait en moi l'illusoire identité d'un enfant de la paix et de la prospérité. Mon frère et moi pouvions établir des comparaisons : à la maison, nous subissions régulièrement les sermons de nos parents, qui, au même âge que nous, enduraient des restrictions terribles. Si nous tordions le nez sur un plat de blettes ou de haricots, notre mère évoquait les topinambours pourris dont les bonnes sœurs de son pensionnat prétendaient la nourrir entre 1940 et 1944 ; l'éternel retour des rutabagas sur les tables de réfectoire ; et l'ersatz de café à base d'orge grillé. Bienheureux les enfants de sa génération qui, à Noël, trouvaient dans leurs souliers une orange, quelques noix et, les années d'abondance, une barre de chocolat. Notre père avait moins souffert de la faim, mais faisait chorus. Quant à nos grands-parents, c'est la Grande Guerre qui avait gâté leur jeunesse, et la Seconde n'avait fait qu'enfoncer le clou : ils ne se lassaient pas de nous renvoyer l'image de gamins capricieux, incapables d'affronter les affres du troisième conflit mondial — inéluctable à leurs yeux, mais qu'ils espéraient ne pas connaître.

La guerre nous apparaissait d'abord comme une aventure à travers les récits de notre grand-père René, qui avait défendu le territoire dans les tranchées de 14-18. Sa mobilisation lui donna l'occasion du seul grand voyage de sa vie, dans les forêts d'Argonne où il connut la boue, la vermine, la faim, et surtout la terreur permanente. Il en était revenu la gueule intacte mais avec une cheville déchiquetée par un éclat d'obus. Lorsque nous déjeunions le dimanche à sa table, après un coup de guignolet et les premiers verres de côtes-du-rhône, il racontait l'assaut allemand au cours duquel il avait été blessé, et sa peur de rester enseveli dans l'éboulement de sa tranchée. Il en avait été extrait par des copains moins abîmés, et avait pu se joindre à un petit groupe de fuyards. D'après ses calculs, il avait parcouru dix-neuf kilomètres sur sa jambe en miettes, plus ou moins soutenu par l'un ou l'autre. Puis il s'était effondré, mais assez loin des lignes pour qu'on puisse le brancarder jusqu'à un hôpital de campagne où il avait été pansé, envoyé vers l'arrière, et enfin opéré en bonne et due forme. Après quoi, il était retourné au front, car la France avait besoin de bras. À cette époque où Cendrars lui donnait un des siens — le meilleur, celui du stylo — notre grand-père a eu la chance de ne concéder qu'une cheville. Quelques verres de vin plus tard, il racontait l'obsession taraudante de manger, qui lui avait fait dévorer avec appétit un tonnelet de harengs moisis et chasser les rats pour les rôtir au feu de bois. Encore deux verres et il demandait à notre père s'il se souvenait des rigueurs terribles de l'hiver 1917. Né en 1935, notre père répondait que non, et René fustigeait son manque de mémoire météorologique. Mon frère et moi connaissions toutes les étapes de ce dialogue de sourds, qui brassait à nos yeux des drames abstraits comme on en entendait en classe d'histoire ou au catéchisme — l'engloutissement de l'armée égyptienne dans la mer Rouge, la retraite de Russie. Le tragique de ces événements nous échappait complètement, et la douce ébriété du vieux nous amusait, sans plus.

À première vue, le passé de notre grand-père Gustave semblait plus heureux : trop jeune pour faire la Première, il avait passé l'âge de faire la Seconde, qui l'avait trouvé père de quatre enfants. Est-ce en raison de sa bonne étoile, de sa personnalité plus chaleureuse, des outrages du temps chez lui moins visibles, je ne sais — en tout cas, mon frère et moi préférions sa compagnie. Dans son pavillon de la rue Martinon, à Bron, Gustave jardinait, bricolait et tenait son rang à la pétanque. Il était en bisbille avec trois voisins sur quatre, pour des motifs de la plus haute importance : l'un jalousait ses talents maraîchers, l'autre lui avait volé plusieurs chats, le troisième était infréquentable car communiste ou cégétiste. Au milieu de cette adversité, Gustave entretenait son statut d'éternel vainqueur qui, à la fin, obtenait toujours les plus belles courgettes, décorait sa maison avec le plus de goût et adoptait des chats au fur et à mesure qu'il s'en faisait voler. (Le triste sire suspecté de ces larcins habitait une maison délabrée à l'autre bout de la rue. Il appartenait sans aucun doute à la secte dont les membres servent à leurs invités du civet de chat annoncé comme du lapin, tromperie facile à condition de ne pas présenter les côtes. Un de ces quatre matins, Gustave le prendrait sur le fait et lui filerait une trempe dont il se souviendrait longtemps. Nous étions sûrs que ce grand jour arriverait, et nous nous sentions descendre de Zorro, malgré les doutes émis par notre grand-mère Marguerite.)

Un jour de visite à mes grands-parents rue Martinon, à la fin des années soixante, mon père a garé la Peugeot 404 à bonne distance de chez eux, et d'une voix solennelle nous a appris que Gustave avait fait de la prison après la dernière guerre. Mon frère et moi avons aussitôt voulu savoir quelle injustice pouvait expliquer cette aberration, et avons obtenu des réponses évasives mais conformes à nos attentes : il s'agissait, bien sûr, d'une erreur judiciaire. Notre grand-père avait commis le crime de défaitisme en prétendant que l'armée française ne pouvait pas rivaliser avec la Wehrmacht. Il aurait ainsi contribué à saboter le moral de la nation. L'emprisonner pour cela au lendemain de la victoire paraissait peu logique, mais je savais que nos parents, très attachés au Décalogue, réprouvaient le mensonge. Du reste, s'ils nous en parlaient ce jour-là de cette manière, c'était pour éviter que nous prêtions foi à des calomnies émanant de tiers malveillants.

Il m'a fallu beaucoup de temps pour comprendre que le jeu complexe d'alliances et de querelles qui structurait les relations de voisinage, rue Martinon, provenait en droite ligne de la Seconde Guerre et des engagements qu'elle avait suscités. Gustave avait choisi le mauvais camp, je l'ai appris par bribes et n'en sais toujours pas grand-chose, trois quarts de siècle plus tard. Issu d'un milieu d'artisans faillis, il avait accompli son service national entre 1918 et 1921 dans les forces d'occupation en Rhénanie, époque où, malgré sa défaite et le traité de Versailles, l'Allemagne n'avait pas encore sombré dans le chaos économique. Gustave en était revenu germanophile, époustouflé par la résilience et le sens de l'organisation des Allemands. De retour en France, il avait travaillé comme ouvrier manutentionnaire avant d'obtenir la gérance d'une épicerie de quartier. Son sentiment d'appartenance au prolétariat exploité et sa haine du bolchevisme l'avaient conduit à s'engager derrière le dissident communiste Jacques Doriot en 1936, lorsque celui-ci avait créé le Parti populaire français, officine populiste vite acquise aux vues d'Hitler. En tant que petit commerçant, il s'était livré à divers trafics et s'était fait détester par une bonne partie de sa clientèle. Dénoncé à la Libération, il avait été attaché au poteau mais sauvé in extremis d'une exécution sommaire, puis jugé, condamné aux travaux forcés à perpétuité pour « haute trahison », et finalement libéré en 1949 comme beaucoup de ses semblables. Voilà l'homme qui fut mon héros pendant les dix premières années de ma vie. Au demeurant, un bon vivant, toujours prêt à sortir un saucisson et de la bière fraîche lorsqu'il improvisait un apéritif sous le cerisier, mais persuadé jusqu'à sa mort de la hiérarchie des cultures et de la suprématie occidentale, pour ne pas dire aryenne.

Petit à petit, j'ai découvert que Gustave ne pouvait pas renoncer à ses obsessions d'extrême droite, qui l'amenaient à débusquer partout des membres du « complot judéo-maçonnique » : chez les politiques, les journalistes, les entrepreneurs, dans le monde du cinéma et de la chanson. Il ne ratait jamais une occasion de claironner qu'Yves Montand s'appelait Livi, Jean Ferrat Tenenbaum, la Mireille du *Petit Conservatoire* Hartuch. Fielleux envers Léon Blum ou Pierre Mendès France, il ne se lassait pas de dénoncer la judéocratie des Rothschild et des Bleustein-Blanchet. Tenant Marcel Proust pour une tapette infréquentable doublée d'un plumitif illisible, il estimait que le français ne sonnait jamais si bien que sous la plume des grands baiseurs hétérosexuels, Céline, Henri Béraud ou Brasillach, sans oublier la clique d'impertinents se réclamant de Jacques Chardonne. En revanche, il n'accordait aucune importance au fait que Marguerite, sa femme, comptait parmi ses aïeules une dame Stein arrivée au début du dix-neuvième siècle de Silésie. Après tout, l'écrivain collabo Pierre Drieu la Rochelle avait bien épousé Colette Jéramec, une ashkénaze qu'il sauverait de la déportation grâce à ses accointances avec la Gestapo. On s'est même demandé si Hitler soi-même n'avait pas une ascendance juive, spéculation hasardeuse mais qui a fait couler beaucoup d'encre. Sa filiation est trop mal établie pour affirmer quoi que ce soit, son père étant un enfant illégitime et possiblement le cousin ou le neveu de sa mère. En tout cas, de sa nombreuse fratrie, seule sa sœur Paula devait parvenir à l'âge adulte. Secrétaire à Vienne entre les deux guerres, elle bénéficia ensuite d'une somptueuse maison accaparée par son frère, et d'un emploi dans un hôpital militaire sous le pseudonyme de Paula Wolff ; prétendit en 1945 qu'elle ne pouvait pas croire son frère assez cruel pour ordonner le génocide des juifs ; bénéficia donc de l'indulgence qu'on réserve aux faibles d'esprit ; et travailla paisiblement dans une boutique de Vienne jusqu'en 1952. Âgée de cinquante-six ans, elle prit alors sa retraite à Berchtesgaden, où elle mourut en pauvresse le 1er juin 1960. Quelques jours plus tôt, le Mossad avait capturé à Buenos Aires Adolf Eichmann, qui serait condamné à mort et pendu en Israël. De mon côté, monté en marche dans le train des Trente Glorieuses, j'entrais pour quelques décennies dans la fragile illusion de ne rien devoir à la guerre.

Les noces d'or de Gustave et Marguerite, célébrées en 1974, me donneraient une deuxième leçon d'histoire, très lentement digérée. Tous leurs enfants y étaient invités, même leur fille Georgette et son mari Gaston, un Franc-Tireur Partisan avec qui ils étaient fâchés depuis la guerre — celui-là même dont mes parents craignaient des révélations malsonnantes. Je me souviens des consignes données le matin même : ne pas parler de politique, ne pas évoquer la guerre, s'abstenir de toute allusion à l'histoire. Malgré quoi, entre l'apéritif et l'entrée, Gaston et Georgette filèrent à l'anglaise. On desservit leur couvert et la conversation put rouler, comme d'ordinaire, sur Pétain, les vols de chats, le génie de Lucien Rebatet, le rendement du prunier et l'avance prise par l'Allemagne en matière d'autoroutes.

HONTE

En 1984, alors que j'étais interne en psychiatrie, un de nos enseignants donna une conférence portant sur la honte. Il insistait sur le contraste entre l'abondance de publications traitant de la culpabilité, et le peu de travaux consacrés à la honte, affects voisins mais néanmoins distincts. M'avaient particulièrement impressionné le balancement rhétorique opposant la *faute* du coupable au *défaut* du honteux ; la soumission au *surmoi* de l'un à l'allégeance à *l'idéal du moi* de l'autre ; la soif de parler du premier au mutisme du second. Au demeurant, la conférence était brillante, de sorte que l'idée de consacrer ma thèse à la honte était née avant même que l'orateur ne quitte la tribune. Il faut dire que, ayant trop bien intégré à la mienne l'histoire de mon grand-père, je me sentais une familiarité avec ce sujet.

Intuitivement, il me semblait que Dostoïevski pouvait apporter un éclairage précieux sur cet affect. Je me souvenais d'un livre au titre intraduisible, où les mots honte, opprobre ou ignominie revenaient presque à chaque page.

On le trouve en français sous plusieurs titres, *Le Sous-Sol*, ou *Les Carnets du sous-sol*, ou *Le Souterrain*, ou encore *Mémoires écrits dans un souterrain*, *Notes d'un souterrain*, *L'Homme du sous-sol*. Le narrateur de ce récit dit multiplier les actes vils ou ridicules, qui l'enfoncent dans la boue. Il en a honte, mais en tire un plaisir secret. Et d'évoquer, au fond du bouge où il cache sa misère morale, le souvenir des turpitudes par lesquelles il a provoqué sa propre humiliation et s'est fait regarder comme un fou ou comme un porc. Cette passion pour l'indignité court d'un bout à l'autre de l'œuvre, jusqu'au père Karamazov qui se vautre lui aussi dans la fange et prend plaisir à faire naître une gêne honteuse en même temps qu'une hostilité sans fond chez ses fils.

Parmi les grands admirateurs de Dostoïevski, il faut compter Kafka, dont les livres regorgent d'allusions à la honte. On se souvient en particulier du *Procès*, roman dont le personnage principal, K., est inculpé pour une faute qu'il ne connaît pas. Il se retrouve engagé dans une procédure judiciaire incohérente à laquelle il aurait pu se soustraire dix fois, mais au terme de laquelle il est exécuté sommairement, *comme un chien*. Et le silence d'après la lecture résonne de cette dernière phrase énigmatique : « C'était comme si la honte allait lui survivre. » L'histoire de mon grand-père, qui a agi comme un chien et failli mourir pareillement, aura induit la même survivance, qui n'appartient qu'à la honte et à la fierté — les seuls sentiments qui traversent les générations et s'éprouvent par procuration.

C'est pendant mon internat que j'ai découvert *À la recherche du temps perdu*, et les questionnements du narrateur sur deux sources de honte : celle — pour Swann ou Bloch — d'être juif, et celle — pour Charlus ou Saint-Loup — d'être homosexuel. Ce thème se déploie dans la première partie de *Sodome et Gomorrhe* au fil de phrases tortueuses, alenties, compliquées d'incises et de nuances créant l'atmosphère d'une confession douloureuse. À suivre les formulations du livre, être juif serait une tare, être homosexuel un vice, mais les deux minorités affrontent le même ostracisme et s'obligent aux mêmes stratégies de dissimulation. Il s'en déduit la tentation d'établir une distinction entre la honte de ce qu'on est et la honte de ce qu'on fait, que Proust suggère et escamote dans le même geste : les invertis formeraient « une race », formulation qui essentialise leur orientation sexuelle et clôt le débat.

Très vite, j'avais été frappé par la récurrence du parricide dans l'univers de ces trois auteurs. Ce thème tient une place centrale dans l'imaginaire de Dostoïevski, qui souffrait, enfant, sous la férule d'un père alcoolique, violent et atrabilaire dont il avait sans doute souvent souhaité la mort. La légende veut que ce père haï ait été assassiné par ses moujiks, envers qui il se conduisait en tyran. Âgé de dix-huit ans, Dostoïevski aurait alors fait une crise d'épilepsie, dont Freud supposera qu'elle comportait une dimension névrotique d'autopunition. Cette version de l'histoire ne fait pas l'unanimité : pour certains, le père de l'écrivain serait mort d'une crise d'apoplexie, et la première attaque épileptique de son fils aurait eu lieu des années plus tard. Ces réécritures obéissent à des mobiles obscurs, et bien malin qui peut, un siècle et demi plus tard, trier le vrai du faux. Une chose est certaine : le thème du parricide court tout au long des *Frères Karamazov*, les quatre fils ayant des raisons de vouloir la mort de leur père odieux et indigne. Chez Kafka, le ressentiment envers le père se distille au fil d'une longue lettre jamais envoyée, réquisitoire contre le manque de sensibilité, le caractère graveleux et le despotisme du rustre dont il a du mal à se sentir le fils. Quant à Proust, ce thème apparaît au détour d'un article célèbre bien que marginal, « Sentiments filiaux d'un parricide », où il est question d'un bourgeois banal qui, dans un accès de folie, tue sa mère et se suicide. La thèse de Proust, exprimée de façon concise à la fin du texte, peut se résumer ainsi : même sans une once d'agressivité, nous tuons nos parents par la sollicitude que nous exigeons d'eux et par les inquiétudes que nous leur causons. Mais, malgré tout, une idée se profile derrière ces exemples : chez les grands honteux se retrouverait, tel un fil rouge, le désaveu des origines. L'homme du *Sous-Sol* le clame à la fin de sa confession : « Il nous est même pénible d'être des hommes [...] nous considérons cela comme un opprobre [...] Bientôt nous trouverons le moyen de naître directement de l'idée. » Ainsi, pour se libérer de la honte, il faudrait pouvoir s'affranchir de l'origine sexuelle, du charriage de désirs tuilés dont nous procédons tous, et des fautes ou des inconséquences de nos ascendants.

J'ai soutenu ma thèse fin 1988, et vu paraître dans les années qui ont suivi une efflorescence d'essais, d'articles et de colloques sur la honte. Très rapidement le rapport s'est inversé, c'est la culpabilité qui est passée à l'arrière-plan, survivance d'une théorie œdipienne ravalée au rang de fiction surannée. Dans le même temps, les témoignages littéraires sur la honte des descendants de collabos se multipliaient : un demi-siècle après les ravages de la Seconde Guerre mondiale, notre société commençait à peine à s'en détacher, et la parole à se libérer. Grâce à sa mise en récit, la honte s'allège et s'atténue de génération en génération jusqu'à disparaître. Nous comptons probablement tous, dans la nuit de nos ascendances, des vipères et des héros, des tartuffes et des mères courage. Je crois que les pires fournissent à la créativité son carburant le plus efficace. Si Gustave resta longtemps une épine plantée dans mon pied, ces pages lui doivent beaucoup.

IPSÉITÉ

L'historien Lucien Jerphagnon tient pour une expérience philosophique fondamentale et un matériau littéraire de premier choix le sentiment d'ipséité : la découverte qu'on est soi, uniquement mais pleinement soi, qu'on habite le monde et le saisit au filtre d'une subjectivité que personne d'autre ne peut partager, et qu'il en va ainsi pour chacun. Lui-même raconte avoir fait cette expérience à l'âge de quatre ans, quand tout à coup la réalité qui l'entourait, les arbres, le vent, les choses, s'est mise à exister dans sa conscience et à poser, par son existence même, la question de Leibniz : « Pourquoi y a-t-il quelque chose plutôt que rien ? » Et aussitôt après ont suivi la perception de son existence propre et la question de sa présence dans ce monde soudain si mystérieusement perçu. Pourquoi suis-je quelqu'un plutôt que personne ? Pourquoi suis-je au monde ?

Ces questions m'ont interloqué à peu près au même âge, mais par un autre biais : sur le trajet familier que nous parcourions en voiture, entre l'avenue Blaise-Cendrars et la rue Martinon, il m'a souvent semblé que nous passions deux fois par le même endroit sans pour autant faire de boucle ou revenir sur nos pas. Comme si deux lieux successivement parcourus étaient non seulement identiques, mais n'en faisaient qu'un. Je serais incapable de préciser aujourd'hui comment s'était construite cette croyance bizarre, si elle reposait sur la similitude de deux paysages ou sur une pure illusion, mais je sais que l'impression se répétait, fallacieuse et illogique mais obstinée : ici pouvait-il être ailleurs ? Vers quatre ans, voulant en avoir le cœur net, j'ai surveillé avec attention les confins de ville que nous traversions, les barres de la cité Nungesser et Coli, le carrefour du boulevard Charcot, les platanes de l'avenue Saint-Exupéry et les tours de la cité Le Corbusier, pour me rendre compte sans l'ombre d'un doute que l'espace changeait à chaque tour de roue, que nous ne repassions jamais deux fois par le même endroit. Et, tout à coup, cette tentative de compréhension de l'espace s'est muée en perception aiguë du temps : j'ai pris conscience que chaque seconde vécue l'était irrévocablement et ne reviendrait jamais. Malgré l'apparente monotonie du quotidien et le sempiternel recommencement des dîners, des jeudis et des fêtes carillonnées, aucun printemps ne reproduirait le précédent, aucune heure jamais ne se revivrait, et chaque instant me rapprochait, imperceptiblement mais inéluctablement, de ma fin. Cette brutale et excessive lucidité me chassait de l'univers magique où un fantasme d'immortalité menaçait de prendre racine : j'avais une chance et une seule d'être moi avant de disparaître à jamais. Expérience universelle et pour tout dire banale mais, comme pour tout un chacun, unique et bouleversante.

Une scène a gravé dans ma mémoire l'empreinte d'un autre moment philosophique fondateur et poignant. J'arrivais à la trentaine, les poêles à charbon des Fonderies-Aciéries du Rhône avaient quasiment disparu et les épais brouillards avec eux, mais c'était un matin brumeux d'automne. À l'époque je vivais un amour tourmenté avec une femme prénommée Laure : après avoir brisé toutes nos chaînes pour nous rendre libres l'un à l'autre, nous découvrions les limites de l'accord parfait qui, se révélant au détour du chemin, forcent à en rabattre sur l'idéal amoureux. Pour avoir longtemps entretenu l'illusion d'une relation sans nuage, nous en souffrions beaucoup, d'autant que nous ne savions pas quoi faire pour réparer le lien ou en tresser un autre sur des bases plus viables. Ce matin d'octobre, nous partions tous deux en voiture à Genève pour visiter une exposition. C'était l'époque où, l'autoroute n'existant pas encore, le chemin le plus direct passait par la plaine de l'Ain et le col du Cerdon. Nous roulions en silence, vaguement fâchés pour je ne sais plus quelle brouille, et indifférents aux grisailles de la plaine qui se dissipaient lentement. De sorte que nous sommes arrivés au mémorial du Val d'Enfer sous un ciel d'un bleu limpide auquel nous ne nous attendions pas. Parvenus au sommet du col, d'où la vue embrasse un large panorama, nous nous sommes arrêtés pour boire un café. Dans la lumière pure du matin, le paysage déroulait d'un côté ses vignes en terrasses cascadant jusqu'au village et, de l'autre, les molles ondulations d'un plateau dont les prairies vert tendre servaient d'écrin à quelques fermes. L'air cristallin exaltait chaque détail, la fumée d'une cheminée lointaine, les frondaisons jaunissantes d'un bouquet de hêtres et, en fond de scène, la nacre de falaises veinées de bleu. C'était d'une beauté à couper le souffle, à proprement parler terrible. Effaré, j'ai cherché le regard de Laure, qui m'a semblé, elle aussi, partagée entre émerveillement et effroi. Chacun à sa manière, nous percevions à quel point la grâce de ce tableau ne nous était pas destinée : nous en surprenions fortuitement l'harmonie, l'éphémère surgissement qui se laissait regarder mais dont l'indifférente matérialité ne nous regardait pas. Désarçonné par ce ravissement, je découvrais l'absurde qu'Albert Camus saisit en quelques formules dans *Le Mythe de Sisyphe* — l'inhumanité de la nature qui ne s'*offre* pas au regard, mais se contente d'être et nous reste étrangère, le paysage qui nie son spectateur. Dans le même temps, notre relation elle-même prenait le relief d'une rencontre fugitivement splendide à laquelle nous aurions naïvement prêté la valeur d'une nécessité existentielle ; d'un hasard auquel nous aurions arbitrairement décidé de donner sens. Le lendemain, sous un plafond bas de nuages ou les averses de l'automne, le col du Cerdon offrirait le spectacle d'une campagne banale et peut-être disgracieuse. Alors, tandis que la splendeur de l'instant nous écrasait, le souvenir de nos commencements a pris l'allure d'une illusion, et nous sommes repartis, comme dessillés, certes dans la même voiture mais désormais séparés par une vitre invisible. Dorénavant, il nous restait à laisser filer un peu de temps pour nous assurer que ce foudroiement signait, réellement, notre rupture — et à attendre une simple scène de ménage pour couper le dernier fil.

JOB

De toutes les histoires fascinantes qu'on entendait au catéchisme, celle de Job avait ma préférence, malgré son caractère obscur. À la relire avec des yeux d'adulte, je la comprends mieux mais n'y retrouve pas les enjeux d'alors : enfant, j'aimais — tout en la craignant — l'idée qu'un homme riche et vertueux puisse devenir pauvre et malade par le simple caprice du Dieu qu'il avait toujours honoré. Autrement dit, j'appréciais la fonction d'énigme d'un Dieu de miséricorde se laissant aller à persécuter ses créatures les plus fidèles. Cela me renvoyait à mon propre sentiment d'injustice lorsqu'il m'arrivait une tuile, moi qui ne ratais jamais une messe et faisais chaque soir ma prière. Parmi les deux formules gravées dans ma mémoire, il y avait celle de Job éploré *sur son tas de fumier*, et qui pourtant *ne murmurait pas* — l'action de murmurer nous étant présentée comme un péché gravissime. Ces deux expressions ne figurent pas dans l'édition de la Bible où je relis ce conte ancien. Une fois frappé par une *lèpre maligne*, traduction libre de *mauvaise inflammation*, Job s'installe *parmi les cendres*, c'est-à-dire sur le dépotoir où l'on vide les âtres et jette la vaisselle cassée. Et il *n'impute rien d'indigne à Dieu*, ce qui n'est pas tout à fait la même chose que *murmurer*. Rien là de très étonnant : le texte français est une traduction de l'hébreu, lui-même traduit de l'araméen et de l'arabe, versions provenant d'un premier poème écrit en langue babylonienne et notée en caractères cunéiformes. De sorte qu'il n'y a pas un Livre de Job mais probablement des centaines, qui se sont succédé au fil des siècles, mélangés, transmis en partie oralement, perdus, retrouvés.

L'ouvrage date de l'exil des Judéens à Babylone après la chute de Jérusalem, conquise par Nabuchodonosor II en 597 avant notre ère, puis rasée dix ans plus tard sous Sédécias, et victime d'une troisième vague de déportations en 582. On suppose que la conscience de la judéité remonte à cette déportation première, qui durera jusqu'en 538 et la prise de Babylone par Cyrus II, empereur des Perses. On fait également remonter à la fin de l'Exil le début de la Diaspora, tous les Judéens n'ayant pas souhaité rentrer au pays. Très hétérogène, le livre contient d'abord un conte à moralité enfantine : mis à l'épreuve par le Malin et frappé par cent calamités, le croyant vertueux ne maudit pas son Dieu ; il en sera récompensé par un surcroît de richesses et mourra chargé d'ans. On y trouve ensuite un échange avec trois vieux sages qui cherchent à convaincre leur ami qu'il a forcément péché pour être ainsi puni, et un dialogue avec un jeune sage plus lucide, qui conteste l'idée que le malheur sanctionnerait nécessairement une faute. D'après cet Elihou, la piété est gratuite et ne donne aucun droit sur Dieu. Et enfin, on y entend Dieu Soi-même dans un rôle de despote taquin et hâbleur, qui se vante d'avoir posé la terre sur ses piliers et montre Ses muscles à travers les phénomènes dangereux qu'Il a créés : séismes, ouragans, volcans, neige et glace, sans oublier les bêtes fauves indomptables que sont Léviathan, crocodile dévoreur de soleil au moment des éclipses, et Béhémot, l'hippopotame qui pourrait avaler le Jourdain si tel était son bon plaisir. Abusant de Sa puissance, le Seigneur s'amuse à défier le malheureux Job : « Je vais t'interroger et tu m'instruiras. » Mais Job refuse de répliquer, il admet *ne pas faire le poids*, et son humilité le sauvera.

Dans ses Mémoires, Stefan Zweig compare à Job les juifs proscrits par le Troisième Reich, obligés de coudre l'étoile jaune sur leur poche de poitrine, exclus de métiers honorables, confisqués, traqués, contraints à la fuite et à la misère. Lui-même, ayant compris dès 1934 que la folie d'Hitler ne rencontrerait aucune limite, s'est installé en Angleterre où il se retrouve apatride, puis au Brésil où il finira par se suicider en 1942, sans doute gagné par le même découragement qui fait maudire à Job le jour de sa naissance : « Pourquoi ne suis-je pas mort dès le sein ? [...] Je jouirais alors du repos. » Et son évocation des juifs miséreux qui cherchent par milliers à fuir l'Europe centrale — dorment dans les gares, mendient, guettent les bateaux et les trains qui pourraient les sauver d'une mort atroce — rappelle que deux mille cinq cents ans plus tôt des persécutions analogues les chassaient de Judée et inauguraient l'histoire absurdement recommencée de leur malheur.

KAFKA

Dans la géographie imaginaire de Kafka, le territoire de la littérature doit défendre ses frontières contre des ennemis redoutables : son père, qui incarne la négation de toute sensibilité poétique ; ses employeurs, voleurs de temps et d'énergie ; et son éventuelle femme, qui symbolise le miroir aux alouettes contre lequel il ne peut que se fracasser. C'est d'autant plus douloureux qu'il a besoin, pour féconder et enchanter son inspiration littéraire, d'une amante. D'où une chronique amoureuse voguant d'échec en échec, puisque chaque amante menace de devenir une épouse qui exigera « une vie moyenne, un appartement confortable, une nourriture abondante, le sommeil à onze heures du soir, une chambre chauffée » — bref : une purge pour qui veut consacrer son existence à la création.

Après quelques silhouettes, dont la principale est une jeune femme rencontrée à Zuckmantel en 1905 et vite évanouie, surgit Felice Bauer, une solide Berlinoise rencontrée en mai 1912 chez Max Brod. Si on l'identifie à son métier, représentante en dictaphones, on est tenté de penser que l'affaire s'engage mal — mais Felice dispose d'un atout majeur : elle habite à trois cent cinquante kilomètres de Prague, et les trains roulent encore lentement. La voyant peu, Kafka l'imagine beaucoup, s'éprend, cède à sa *nature tendant au mariage*, et demande au bout d'un an sa main. Comme le père de la belle tarde un peu à lui répondre, il confie à son journal le brouillon d'une deuxième demande en mariage, dans laquelle il prend soin de préciser qu'il exècre son métier de gratte-papier dans les assurances mais ne le quitte pas car il n'a pas la force d'écrire assez de littérature pour vivre de sa plume. Ainsi, poursuit-il, il court soit à sa ruine psychique s'il continue de travailler, soit à sa ruine financière s'il choisit d'écrire, de sorte que la seule chose dont il se sente assuré, c'est de rendre son épouse malheureuse. D'autant, prend-il soin d'ajouter, qu'il n'a pas du tout l'esprit de famille. Hélas, la réponse positive du père Bauer lui arrive avant qu'il ait eu le temps de recopier et de poster sa relance, si on ose l'appeler ainsi. On s'achemine donc à petits pas vers des fiançailles désastreuses, qui seront célébrées en juin 1914. Peu après, Kafka se sent *ligoté comme un criminel* ; même le début de la Première Guerre mondiale ne semble pas le distraire de cette impression douloureuse.

Une proche amie de Felice, Grete Bloch, lui a écrit juste avant ses fiançailles, pour essayer d'apaiser les relations tourmentées qu'il entretient avec sa fiancée. Aussitôt Kafka l'inonde de lettres qui prennent vite une tournure sentimentale. Embarrassée, Grete montre à Felice certaines des confidences de Franz. Une rencontre à trois est organisée dans un hôtel berlinois pour crever l'abcès, au cours de laquelle Kafka se sent mis en accusation pour une faute qu'il prétend ignorer. Peu après, il rompt ses fiançailles et entreprend la rédaction du *Procès*. Mais, à partir de 1915, il recommence à écrire à Felice, la voit peu, l'admire, voyage de loin en loin en sa compagnie, perçoit en lui « un mince ruisselet digne d'être appelé amour » : les conditions lui semblent donc réunies pour une nouvelle tentative de mariage, que la guerre oblige à ajourner. En 1917, les hostilités s'éternisant, il force l'allure et convainc Felice de célébrer pour la deuxième fois leurs fiançailles en juillet. Un mois plus tard, il crache pour la première fois du sang : premier signe de la tuberculose qui rebat les cartes de ses priorités. Écrire devient à nouveau une urgence, se marier une coupable frivolité. En décembre, bourrelé de remords, il rompt une deuxième fois et part se soigner à Zürau. Là, il dispose de tout son temps et aucune attache affective n'entrave son travail littéraire, mais sa tête se laisse absorber par la maladie : il n'écrit presque rien, rentre à Prague, n'y écrit pas davantage, part en villégiature à Rumburg, puis à Turnau, et enfin, l'année suivante, à Schelesen où il rencontre Julie Wohryzek.

Le récit qu'il donnera à la sœur de Julie après leur séparation serait un monument d'humour s'il n'était dicté par une détresse pathétique. Clients de la même pension, Franz et Julie découvrent qu'à chacune de leurs rencontres, ils rient beaucoup, sans raison précise. Ils décident alors de s'éviter, résistent pendant trois semaines à la tentation de se rapprocher, rentrent à Prague chacun de son côté, s'y revoient sans éclater de rire et s'autorisent alors à tomber dans les bras l'un de l'autre. Aussitôt germe en lui l'idée de l'épouser pour faire un mariage d'amour *et* de raison. Certes, ce projet se heurte au fait que la maladie l'a affaibli ; qu'ayant du mal à s'occuper de lui, il ne saurait en aucun cas s'occuper d'une famille ; et qu'il succombe encore à toutes les tentations de la littérature. Autant dire que le mariage serait une dure épreuve, contrastant avec le *bonheur relativement paisible* qu'il expérimente dans les bras de sa belle — mais cette menace de bien-être lui fournit justement une raison de plus pour se faire passer la bague au doigt. La suite en découle : impression d'emprisonnement, nostalgie de la liberté, rupture des fiançailles dans des circonstances restées floues : c'est peut-être Julie qui, prudemment, a pris l'initiative de se désengager. Après quoi il reçoit une lettre de la journaliste Milena Jesenská, qui se propose de traduire en tchèque ses livres, qu'il écrivait en allemand.

À la fin des années quatre-vingt, Bernard Pivot reçoit à l'émission *Apostrophes* Margarete Buber-Neumann, octogénaire lumineuse dont les Éditions du Seuil viennent de traduire un livre de témoignage sur sa rencontre et son amitié avec Milena Jesenská au camp de Ravensbrück. C'est par son entremise que j'ai découvert les lettres à Milena écrites par Kafka, auxquelles il manque, hélas, les réponses. Un monument d'ambivalence, d'avancées et de rétractations, de joie plénière et d'angoisse absolue, de guérisons et de rechutes. Lorsqu'elle le contacte, sans doute fin 1919, elle est encore mariée à un certain Ernst Pollak, homme indolent dont elle est en train de se détacher. Elle a la particularité de comprendre intuitivement l'allemand singulier de Kafka, le jeu d'assonances qu'il entretient avec le tchèque, et le rythme interne très personnel de ses proses courtes. De son côté, Kafka digère comme il peut sa troisième rupture de fiançailles. Fasciné par l'intelligence et le charme de la jeune femme, il se livre au fil de lettres parfois drôles, souvent déchirantes. Ira-t-il la rejoindre à Vienne ? Viendra-t-elle le retrouver à Prague ? Le 29 juillet 1920, il lui écrit d'un café où il achète, sans le savoir, la même chose que Freud trente-huit ans plus tôt à Teschen : « Je suis bien à Vienne, assis dans un café près de la gare du Sud (quel cacao, Milena ! Quels gâteaux !). » À suivre leur lent commerce épistolaire, scandé par le lamento des matins sans courrier et la jubilation des jours où le facteur apporte plusieurs lettres, on en oublierait presque qu'ils ne se sont vus qu'à deux reprises entre 1919 et 1923 : quatre jours à Vienne et une journée à Gmünd. Dans le même paragraphe, Kafka ordonne à Milena de ne plus lui écrire et de ne surtout pas obéir à cette injonction stupide. Un jour d'euphorie, il vante les hommes corpulents, « vrais citoyens de la terre, car au nord ils réchauffent, au sud ils ombragent », mais regrette malicieusement qu'on puisse intervertir les termes. Lorsque la peur, la tristesse ou la honte l'écrase, il déplore sa maladie, sa chétivité, son âge — ou s'en défend par un simulacre de mégalomanie : « Ou le monde est bien petit, ou nous sommes gigantesques, en tout cas nous le remplissons. » En 1923, il s'installe à Berlin avec sa dernière compagne, la ravissante Dora Diamant dont nous ne savons pas grand-chose. Il semble heureux, mais écrit encore à Milena des lettres aux accents nostalgiques, avant de revenir mourir en Autriche, dans ce qui fut son pays du temps pas si lointain de l'Empire. Il y agonisera douloureusement, mais sans se départir de son esprit, qui lui fera dire à son médecin : « Si vous ne me tuez pas vous êtes un assassin ! » Preuve d'un sens de la formule qui résistait à la mort comme à l'amour.

Milena Jesenská et Grete Bloch sont mortes en 1944. La première à Ravensbrück le 17 mai, la seconde à Auschwitz, à une date indéterminée.

LAURE

Laure était belle comme une actrice. Elle avait moins de poitrine que Marilyn Monroe, des jambes moins longues que Cyd Charisse, le regard moins provocateur que Lauren Bacall, les hanches moins rondes que Rita Hayworth, mais elle les surpassait toutes en charme et en beauté.

Laure avait une grande culture. Je n'ai jamais pu savoir quand elle trouvait le temps de lire tous les livres qu'elle connaissait, mais lorsqu'une tablée d'amis parlait d'un auteur ou d'un roman, elle en savait toujours quelque chose et, contrairement à moi, se souvenait des intrigues et des chutes.

Laure élevait ses enfants, cuisinait, entretenait son intérieur, faisait ses courses en un tournemain et s'astreignait à une demi-heure de gymnastique par jour, mais n'en parlait jamais. Elle travaillait comme correctrice pour une maison d'édition. Par ailleurs, elle passait beaucoup de temps au cinéma, au théâtre et au musée, dévorait la presse avec une gourmandise étonnante, et pouvait commenter l'actualité culturelle pendant des heures.

Laure laissait rarement passer une faute d'orthographe. Elle m'a enseigné la différence entre *détoner* et *détonner*, *cuissot* et *cuisseau*, *quatre-vingt* et *quatre-vingts*. Je tiens d'elle que le tréma se porte sur la deuxième voyelle sauf dans *ouïe* (où il est, du reste, inutile), et jamais sur le « u » sauf dans *capharnaüm* (mais tout a changé depuis : on peut maintenant écrire *aigüe*, ce qui lui blessait les yeux à l'époque), et aussi qu'un *ayant droit* s'écrit sans trait d'union, ce qui donne des *ayants droit* au pluriel. Elle souffrait de lire *dentition* pour *denture*, ou *appuyer sur la gâchette* pour *appuyer sur la détente*, et ne supportait pas l'expression *ça m'insupporte*.

Sans rien connaître à la musique, Laure aimait la sonate pour piano et arpeggione de Schubert, le son de Chet Baker, le *Requiem* de Mozart, *Year of the Cat* d'Al Stewart, *The Dock of the Bay* d'Otis Redding, et toute autre forme de musique, pourvu qu'elle vienne du cœur.

Laure m'a fait découvrir, entre autres, les romans d'Henri Calet, de Léon Werth, d'Alexandre Vialatte et de Louis Calaferte. Elle aimait l'humour de Julian Barnes, la langue précise et sensuelle de Julien Gracq, les prouesses verbales de l'OuLiPo, les bandes dessinées d'Enki Bilal, les proses fantasques d'Henri Michaux — avec une prédilection pour *Plume*.

Laure m'a fait comprendre un jour que je pouvais l'embrasser, et ça a été l'un des plus beaux jours de ma vie malgré les infinies complications que nous pouvions d'emblée prévoir, et qui se sont toutes produites car nous étions tous les deux déjà mariés et, de surcroît, parents.

Laure m'a écrit, à l'insu de sa maisonnée, des centaines de lettres que j'attendais comme Kafka celles de Milena, et que je lui renvoyais parce qu'elle avait, contrairement à moi, un endroit où les cacher. Comme il n'existait à l'époque ni téléphone portable ni internet, nous avons expérimenté les mêmes affres : pas de courrier, m'aime-t-elle toujours ? Une lettre pleine d'effusions tendres mais écrite il y a trois jours, m'aime-t-elle encore ?

Laure a divorcé pour se rendre disponible à moi et j'ai fait de même, symétriquement. Nous avons découvert, à cette occasion et dans la douleur, des articles du Code civil relatifs au mariage qui, dans le feu de la célébration, avaient échappé à notre sagacité.

Laure aimait chiner chez les bouquinistes, flâner dans la vieille ville, faire du thé en fin d'après-midi, couvrir ses livres de papier cristal, boire du vin rouge à l'apéritif, acheter (dans une pâtisserie du centre de Lyon qui n'existe plus) des tartes sur lesquelles on trouvait dix fruits différents. En revanche, bien qu'élégante, elle prenait soin de ne jamais m'emmener dans des magasins de vêtements.

Laure aimait faire l'amour, me faire la lecture à haute voix, refaire l'amour, cuisiner à deux, m'emmener au concert à La Chaise-Dieu ou voir une exposition à Genève, recevoir des amis, discutailler jusqu'à plus soif sur l'adaptation d'un roman à l'écran ou sur un enregistrement de James Bowman, et s'endormir contre moi sans faire l'amour.

Laure n'aimait pas attendre la réponse à sa première question avant de poser la deuxième ; parler de politique ou d'argent ; renoncer à une idée fausse ; dire ce qu'un amant doit deviner ; se faire draguer par un lourdaud ; laisser indifférent un intellectuel ou un artiste.

Laure m'a fait une scène de ménage le jour où je soutenais ma thèse de médecine parce qu'une autre femme s'intéressait à moi. Cette mauvaise querelle m'a poussé dans les bras de sa rivale, dont Laure est devenue jalouse. J'ai très mal supporté de voir notre belle union tourner au vaudeville.

Laure m'a lancé un regard indéchiffrable le jour d'octobre où nous avons fait une halte au col du Cerdon sur la route de Genève, et je me suis toujours demandé ce qui s'était passé en elle lors de ce choc esthétique *stricto sensu* éblouissant. Partageait-elle mon sentiment d'absurdité de notre lien ? Ma déception de nous voir rattrapés pas la banalité ?

J'ai quitté Laure salement, une nuit, sans un mot. J'étais sûr que l'amour parfait m'attendait dans d'autres bras. Il m'a fallu beaucoup d'années pour découvrir que l'amour parfait n'existe pas et que je croiserais peu de femmes aussi séduisantes que Laure.

Laure et moi sommes restés dix années sans nous voir, en évitant soigneusement tous les chemins où nous risquions de nous croiser. Puis le hasard — s'il existe — nous a réunis sur le quai d'une gare, à partir de quoi nous sommes allés déjeuner ensemble, de temps en temps, clandestinement. Bien qu'avenante, elle me faisait toujours au moins une petite scène, et me conseillait toujours au moins un livre.

Laure a détruit l'intégralité de la correspondance que nous avions échangée au temps de notre grand amour. Même si mes lettres ne valaient pas celles de Kafka, ça m'a peiné.

Laure est morte vingt ans jour pour jour après notre première escarmouche, dont je n'ai pas oublié la date puisqu'elle coïncidait avec la soutenance de ma thèse sur la honte. Chaque année, quand revient ce double anniversaire, j'éprouve de la mauvaise conscience et de la nostalgie.

MESMER

Franz Anton Mesmer, né en 1734 et mort en 1815, fait partie de l'immense cohorte des charlatans follement ambitieux, acharnés à faire reconnaître l'idée plus ou moins farfelue qui les habite, et qui, bizarrement, réussissent à inscrire leur nom dans l'histoire des sciences. En l'occurrence, ce fils de garde-chasse provincial, assez vif d'esprit pour détenir un doctorat de philosophie et un de médecine à trente-deux ans, par ailleurs frotté de droit et de théologie, entre dans la vie active avec deux projets : faire fortune et passer pour un savant. Les portraits qu'on a de lui montrent un visage avenant et rond posé sur un double menton précoce, avec dans le regard l'expression pateline de qui veut le bien de l'humanité et sait le faire savoir. En 1766 il ouvre un cabinet de médecine à Vienne, deux ans plus tard il épouse Anna Maria von Posch, la richissime veuve d'un conseiller à la Cour, de dix ans son aînée. Pour l'occasion, ils font construire un théâtre de verdure dans les jardins de leur hôtel particulier, et Mesmer y organise une inauguration à la hauteur de son nouveau rang : c'est au jeune Mozart, déjà célèbre malgré ses douze ans, qu'il demande de lui composer un petit opéra. Cette première et longtemps unique représentation de *Bastien et Bastienne*, sur un argument de Jean-Jacques Rousseau réécrit pour l'occasion, permettra au gamin prodige de mesurer la vanité sans bornes de son commanditaire.

Désormais introduit auprès de l'empereur Joseph II, Mesmer soigne la haute société. Dans ce siècle riche en découvertes scientifiques fabuleuses et volontiers contre-intuitives — le paratonnerre, la montgolfière, le courant galvanique —, il affirme l'existence d'un fluide animal universel dont l'écoulement serait influencé par les planètes. Que la circulation du fluide s'altère et la maladie survient, qu'on peut guérir au moyen d'aimants. Le raisonnement s'appliquant à toutes les maladies, le traitement bénéficie de la même universalité, ce qui simplifie la démarche. Commencent les querelles de doctrine et de paternité scientifique. En 1772, pour soigner une femme dont le sang se porte *avec impétuosité à la tête*, occasionnant rien de moins que douleurs, délire, vomissements, fureur et syncopes, Mesmer demande des aimants au jésuite Maximilien Hell, astronome amateur. Après avoir fait avaler des comprimés de fer à sa patiente, il lui applique les aimants sur l'estomac et les jambes, ce qui provoque une modification de sa douleur, puis une rémission des symptômes pendant six heures. Les jours suivants, toutefois, il faut recommencer le traitement, ce qui n'empêche pas Mesmer de le considérer comme un succès. Le jésuite Hell publiera dans les journaux des articles vantant le magnétisme *minéral* de ses aimants, alors que, de toute évidence, l'action thérapeutique provient du fluide *animal* de la patiente : on se brouillerait à moins. Les deux hommes frôlent le procès, voire le duel.

Fort de sa prestance, Mesmer vend tellement bien ses élucubrations que des barons et des archiducs se disputent ses soins. Devenu une petite célébrité dans le gratin austro-hongrois, il soigne la jeune Maria Theresia von Paradis, pianiste aveugle pour qui Mozart composera un concerto. La malheureuse a brusquement perdu la vue à l'âge de trois ans, en raison d'une frayeur, pense-t-on. D'une constitution robuste, elle a réussi à survivre à tous les traitements entrepris jusqu'alors : vésicatoires, sangsues, cautères, emplâtres, valériane, purgatifs, électricité — qui lui ont simplement apporté des suppurations, des troubles mentaux et des convulsions. Émue par sa détresse, l'impératrice lui a accordé une pension généreuse, versée à ses parents. Pour se jouer au plus près du pouvoir, de l'art et de l'argent, cette affaire attire Mesmer : il contacte la jeune femme et l'héberge pour lui prodiguer des soins intensifs. Après quelques passes magnétiques, elle recommence à voir, mais dans l'obscurité. Ses yeux, qui s'étaient en partie exorbités, retrouvent leur place, puis leur forme originelle. Le père de la malade est enchanté, jusqu'à ce qu'il s'avise que le palais risque de supprimer la pension : arrêt des soins, retour de la cécité et nouvelle polémique mondaine, de sorte que Mesmer juge prudent de s'exiler en 1778 à Paris, où le roi Louis XVI a épousé une de ses compatriotes.

Solidement établie, sa fortune lui permet de s'installer d'emblée place Vendôme, puis de manière plus opulente encore rue Coq-Héron. Il vise la haute société, et use de tous les stratagèmes pour devenir célèbre : les mondanités, la polémique, l'extravagance vestimentaire, les publications à sa propre gloire. Vite débordé par le succès, malgré le recrutement d'un épigone dévoué, il lui faut inventer un moyen de soigner plusieurs malades en même temps. Ce sera le fameux baquet, un récipient de chêne empli de verre pilé, de limaille de fer et d'eau magnétisée, où trempent jusqu'à trente tiges de métal. L'objet trône dans une pièce circulaire, baignée de pénombre, cernée de miroirs et de lourdes tentures qui amortissent les sons. Les patients sont reliés entre eux par une corde, chacun tient une tige et, en fonction des flux de magnétisme animal, les participants développent des crises plus ou moins salutaires. Assisté de jeunes apollons, Mesmer, en veste de soie lilas, dispense le traitement, applique sa baguette de métal sur les zones à soigner, désigne le cœur en touchant le bustier, la matrice en effleurant le mont de Vénus. Lorsqu'il n'officie pas ainsi, il crée un fond sonore au glass harmonica ou au pianoforte, et évacue les patientes dont les manifestations magnétiques prennent trop d'ampleur dans la « chambre des crises », pour un traitement individuel. À nouveau débordé par son succès, il doit multiplier les baquets. Il en montera un pour les pauvres, auquel ils ont accès gratuitement, mais trois pour la haute société qui paie chèrement ses soins et doit réserver sa place longtemps à l'avance. À vrai dire, sa patientèle se compose surtout de femmes jeunes et désœuvrées dont la bonne santé tolère quelques symptômes plaisants à guérir. Il en retire trois cents louis par mois.

Mais, en bon magnétiseur, Mesmer aime ferrailler : avec l'Académie de médecine et avec la Faculté, qui toutes deux refusent d'entériner ses théories. Il décline la proposition d'ouvrir une clinique à Paris moyennant une rente versée par Marie-Antoinette, et fonde la Société de l'harmonie universelle destinée à vendre le « secret de Mesmer » dont il tirera des revenus autrement substantiels. Puis il rentre à Vienne, en 1785, ce qui témoigne au moins d'un bon flair politique. Son épouse meurt en 1790. Trois ans plus tard, veuf mais resté entreprenant, il revient à Paris où la Terreur ne s'intéresse guère à son magasin de miracles, toujours aussi bien achalandé. Dix ans plus tard, presque septuagénaire, il se retire dans sa région natale, au bord du lac de Constance, et cesse de soigner son prochain. Il laisse trois écrits, échelonnés entre sa thèse de médecine, datée de 1766, et son dernier ouvrage, dont le titre suffit à donner la mesure : *Mémoire de F. A. Mesmer, Docteur en médecine, sur ses découvertes*, daté de 1799. Le principal mérite de son œuvre tient en sa pudeur : tournant autour d'un secret thérapeutique décisif, elle s'interdit la forfanterie de le divulguer, de sorte qu'à ce jour personne ne l'a jamais percé.

Au détour d'un de ses écrits, Mesmer lève toutefois un coin du voile en laissant entendre que son pouvoir thérapeutique tient peut-être à autre chose qu'au magnétisme — et l'on pense à sa manière de toucher l'organe souffrant, à l'hypnose intimiste sur les sofas de velours rouge du cabinet privé, ainsi qu'à la veste de soie lilas et aux ballades jouées au glass harmonica. Sans renier l'influence de la gravitation des astres sur le fluide animal, il reconnaît à mots couverts qu'elle n'explique pas tout : « Le guérisseur magique n'est pas l'aimant, mais le magnétiseur. » On sait que Mozart s'est moqué de lui dans *Così fan tutte*, quand la servante Despina ranime au moyen d'un aimant énorme le soupirant qui vient de simuler un suicide par empoisonnement ; on suppose aussi que Freud y a pensé, lorsqu'il a théorisé, un siècle plus tard, le phénomène du transfert. À la fin du vingtième siècle, des scientifiques ont désossé l'unique baquet ayant traversé les âges, conservé à Lyon, au musée de la faculté de médecine. Ils ont conclu formellement que le dispositif n'était pas compatible avec la circulation de courant électrique ni de champ magnétique, compte tenu des nombreux isolants qui séparent les utilisateurs de la limaille prétendument thérapeutique. Mais l'objet, auquel le bois noble, les cuivres et les lanières prêtent l'allure d'une machine à guérir, en impose. C'est, du reste, à peu près tout ce qu'on lui demandait.

On trouve toujours des Mesmer dans le monde médical : songe-creux opulents et péremptoires, ils défendent bec et ongles leur invention destinée à soigner la bonne santé. Pour peu qu'ils soignent aussi leur apparence, ils peuvent jouir d'une notoriété considérable.

NORD

De Glenn Gould, on a retenu, d'abord, une discographie encadrée par deux enregistrements mythiques et très différents des *Variations Goldberg* ; ensuite, les incroyables exigences en matière de sonorité et de réglage de ses pianos ; et des manies passant à tort pour la mise en scène d'excentricités délibérées. Ainsi, il évitait les poignées de main de peur des microbes et le croisement des regards de peur des affects ; a mangé durant toute sa vie d'adulte le même menu ; s'est trempé les bras dans l'eau chaude avant chaque concert ; sortait, même en été, attifé de vêtements chauds enfilés les uns sur les autres sans souci d'élégance ; et ne s'est jamais départi d'une chaise pliante noire dont on entend les grincements sur certains disques. Il en avait scié les pieds, et leur avait installé un système de réglage en hauteur, pour adopter au clavier les positions qui lui étaient chères et qu'aucun professeur de conservatoire n'oserait promouvoir : courbé, le nez à ras des touches, les épaules parfois presque à la hauteur des mains. En outre, même lorsqu'il enregistrait seul en studio, il chantonnait tout en jouant, et adoptait une gestique de chef d'orchestre pour dessiner dans l'espace la ligne d'un contrepoint imaginaire. Il était connu pour jouer fortissimo des passages élégiaques et pianissimo des marches héroïques, modifier à sa guise les tempos, très peu lier les notes.

Plus que la moyenne des concertistes, il redoutait la scène. Les lumières, le souffle — même retenu — de l'auditoire, l'idée de respirer la vapeur d'eau émanant des corps transpirant autour de lui, tout ce bain sensoriel et émotionnel lui était insupportable. De sorte que le 10 avril 1964, à l'issue d'un concert donné à Los Angeles, il décida de ne plus se produire en public. Il n'avait que trente et un ans, mais s'y est tenu, radicalement. Pendant les dix-huit ans et demi qu'il lui restait à vivre, il a enregistré des disques, avec une prédilection pour Bach, Sibelius, les élisabéthains et les dodécaphonistes ; roulé la nuit, chauffage à fond, sur le boulevard périphérique de Toronto ou en direction du nord ; passé des heures au téléphone avec son agent ; et enregistré des émissions pour la télévision canadienne. Il aimait les artifices du montage, filmait comme on compose, et s'est attaché à superposer les propos des interviewés comme s'il s'agissait des voix d'une fugue. L'un de ces cycles de musique parlée s'intitule *The Idea of the North* : « L'idée du Nord ».

Pour des Nord-Américains comme pour des Européens, l'idée du Nord convoque des images de froid, de banquise ou de taïga — alors que l'idée du Sud apporte son lot de palmiers, de mers chaudes et de farniente. Le plein sud devrait pourtant évoquer l'Antarctique et des rigueurs pires encore que celles de l'Arctique, preuve que la conscience géographique est tissée d'un fil qui lui reste hétérogène, et que les points cardinaux relèvent, pour chacun, de l'imaginaire. Glenn Gould aimait le Nord. Pour autant qu'on le sache, l'idée qu'il s'en faisait associait une solitude propice à l'introspection et une apaisante monotonie du paysage. Le peu qu'il en a dit laisse penser qu'il aimait parcourir des milliers de kilomètres presque sans changement d'ambiance, dans des immensités de glace ou de forêt exemptes de relief, les courbes n'étant dictées que par la découpe des lacs et des fjords. Un lieu qui, de se répéter à perte de vue, abolirait la notion d'espace.

Un scénario plausible suggère qu'*Homo sapiens*, apparu en Afrique il y a trois cent mille ans, a lentement émigré en raison de changements climatiques rendant plus dures ses conditions de vie. Sous l'effet d'une compétition de plus en plus âpre, les moins combatifs — et également les plus endurants — préfèrent la fuite à la bagarre. On retrouve leur trace au Moyen-Orient un peu plus de cent mille ans après, puis des groupes atteignent l'Europe et progressent en Asie. Pour un primate sans pelage, monter vers le nord représente un péril : il faut trouver des parades contre le froid, couver plus jalousement le feu, inventer les moyens de survivre aux hivers sans gibier ni cueillette. Malgré tout, des groupes investissent la Sibérie, trouvent le moyen d'y subsister, et continuent d'expulser régulièrement certains de leurs membres, qui partent s'installer plus loin. Il y a quarante mille ans, on peut aller à pied sec de la Sibérie à l'Alaska via la Béringie, qui forme aujourd'hui le fond du détroit de Béring. L'été, il y fait presque doux, on y trouve de la forêt, des mammouths et des bisons derrière lesquels courent des hordes d'humains et de loups affamés. C'est probablement l'une des manières qu'a trouvées *Homo sapiens* pour atteindre le continent américain, sur lequel il s'est lentement étalé vers le sud. Terrible mais passionnante époque, où il était toujours possible de trouver *plus loin* un lieu où s'installer, et où la terre semblait infinie. En Europe, notre ancêtre doit disputer son territoire à *Homo neanderthalensis*, dont il aura raison. Il s'implante autour de la Méditerranée, gagne la mer Baltique, s'accommode du climat scandinave, s'éparpille en communautés de plus en plus clairsemées jusqu'au cap Nord. Voilà pourquoi l'idée du Nord est pour moi d'abord liée à celle de paix. Une paix achetée au prix d'une vie ingrate ; de journées trop courtes à la mauvaise saison, de nuits blanches en été ; de pelisses, de gants et de chapkas incompatibles avec l'érotisme d'aubaine ; d'une austérité propice à la fuite dans l'ivresse et l'assuétude. Mais une paix laissant à l'esprit le temps de vagabonder au long des routes gelées, et aux ventres le loisir de s'emplir de bière trop claire ou d'aquavit.

Bien entendu, mon idée du Nord reste indissociable de la neige, dont le retour a émerveillé mon enfance. J'aimais particulièrement la subreptice entrée dans l'hiver, quand nous habitions avenue Blaise-Cendrars : un matin de novembre ou de décembre, au réveil, nous surprenions un je-ne-sais-quoi d'inhabituel, l'amortissement des bruits familiers, un ciel de craie, une lumière de scialytique — et c'était un vrai bonheur de découvrir en ouvrant les volets un paysage presque entièrement blanc. Sous nos fenêtres, le toit plat d'un entrepôt prenait l'allure d'un champ de haute montagne, et la féerie du givre, cristallisant les robiniers du parking, leur conférait une beauté insoupçonnable. Sur le chemin de l'école, avec un peu de chance, on pourrait encore faire crisser la poudreuse recouvrant les pelouses de la cité Nungesser et Coli, et se sentir comme le commandant Charcot ouvrant sa trace au Groenland. Insensible à cette poésie, notre père pestait contre la météo tandis que notre mère vérifiait qu'on ne parte pas sans bonnet, écharpe et gants. Les instituteurs arrivaient parfois en retard ou restaient bloqués en lointaine banlieue par le verglas. On prenait conscience du peu d'importance de nos gesticulations ordinaires et savourait sans mesure la petite leçon de philosophie dispensée par le gel : réviser ses priorités, marcher lentement, ne pas se lasser d'admirer. Si le brouillard dissimulait les laideurs de notre quartier, la neige lui conférait une forme d'élégance en soulignant d'un trait blanc les chénaux, les corniches et le moindre méplat du mobilier urbain — antidote au trait gris de la poussière vers quoi nous retournerons tous.

J'imagine que Glenn Gould avait établi, au plus secret de son imaginaire, un campement de survie dans un Nord abstrait, propice à toutes les fugues et capable d'alléger ses peines. Je cultive, moi aussi, l'idée qu'il existera toujours, en Scandinavie ou au Québec, des déserts où l'on trouve à boire, des coins de fraîcheur quand la terre brûlera, et des havres de paix quand les humains se disputeront des moyens de subsistance raréfiés. Mais j'espère ne jamais devoir confronter cette illusion à la réalité.

ORGUE

Peu après ma communion solennelle, comme je commençais à me débrouiller au piano, ma mère m'a fait prendre des cours d'orgue auprès de mademoiselle Aubert, une vieille dame charmante et pleine de bonne volonté, mais qui n'a jamais réussi à faire de moi un organiste. Elle bénéficiait, pour donner ses leçons, de créneaux à l'église Notre-Dame-du-Salut où je la rejoignais en tribune par un escalier à vis, au terme de journées de collège pénibles : depuis le matin il me fallait transporter, en plus de mon cartable, une serviette de partitions et un sac contenant des chaussures à semelles de cuir qui ne devaient servir qu'à l'orgue, à la fois pour ne pas risquer de salir le pédalier et pour préserver une bonne glisse sur les barres de bois. Mes copains de classe riaient de me voir encombré d'un tel barda, moqueries d'autant plus frustrantes que mes progrès musicaux se faisaient attendre : j'échouais à lire les trois portées ensemble, et posais rarement le bon pied sur la bonne barre au bon moment. Mais j'apprenais du vocabulaire et découvrais le plaisir de déclencher un tonnerre propre à faire s'effondrer les voûtes, ce que

Jacques Roubaud tient pour un fantasme constant chez les organistes. J'ai donc appris à utiliser la tirasse et l'accouplement, les jeux de fond et les jeux d'anches, le cromorne et la saqueboute, la mixture et la fourniture, dont j'aurais du mal à expliquer la signification aujourd'hui. Mademoiselle Aubert tenait à une convention de langage précieuse, dans tous les sens du terme : on ne *jouait* pas de l'orgue, on le *touchait*. C'est elle qui m'a appris que *toccata* venait de toucher, comme *sonate* de sonner et *cantate* de chanter.

La corvée de portage des chaussures a duré une année scolaire, puis nous sommes convenus que je m'en tiendrais désormais au piano, à mon grand soulagement. Mais l'orgue fait preuve d'une indulgence rare chez les instruments de musique : on peut le toucher en fraudeur, uniquement avec les mains, et cette supercherie passe la plupart du temps inaperçue des béotiens. Quand j'ai eu douze ans, le père Durieux m'a recruté pour accompagner la première messe du dimanche, l'office de huit heures trente, célébré sans encensoir ni flambeau, et fréquenté par une maigre assemblée de lève-tôt. C'était l'époque où j'avais brusquement cessé de prêter foi à la mythologie catholique, mais mes parents n'étaient pas encore prêts à me laisser faire la messe buissonnière. L'orgue m'a fourni un moyen d'y aller en musicien et non en fidèle, pour accomplir une sorte de travail et non mes dévotions. C'est ainsi que, de douze à quinze ans, presque tous les dimanches matin je me suis levé à l'aurore pour pianoter en dilettante sur les claviers de Saint-Mamert. Certains matins, j'y allais dans un brouillard épais qui me rappelait de bons souvenirs.

J'apprenais régulièrement des pièces faciles pour accompagner la procession d'entrée ou meubler l'offertoire, et il m'arrivait de concéder à mon ami Bonnardier le plaisir de jouer, en leur donnant une apparence liturgique, des thèmes de chansons profanes — *Le Sud* de Nino Ferrer ou *Child in Time* de Deep Purple. En revanche, l'accompagnement des cantiques me posait des problèmes ardus. Il existait un recueil des chants les plus joués, mais chaque officiant ayant ses propres limites vocales, je devais presque chaque fois transposer le morceau dans sa tessiture. Cet exercice exige une agilité cognitive très particulière, qui s'acquiert lentement mais demeure ensuite ad vitam. Il s'agit de transformer mentalement en grille de jazz la partition écrite sur des portées, puis de remplacer en pensée le nom des notes par leur fonction — tonique, dominante, médiante, sensible — et de faire varier la tonalité de base. Cette formulation peut sembler complexe, et le processus ne se donne pas d'emblée, mais il ressemble à la basse chiffrée de la musique baroque et devient un jeu d'enfant lorsqu'on l'a compris. J'ai transpiré sang et eau sur *Tu es mon berger*, ou *Les Saints et les Anges*, mais j'ai appris à les transposer au pied levé, en *fa* pour le père Durieux, en *mi* bémol ou en *sol* pour le vicaire ou le diacre du moment. De sorte qu'à quinze ans, lorsque j'ai refermé le clavier de l'orgue et déserté les églises, j'étais lesté à mon insu d'un savoir musical dont la valeur et la rareté m'échappaient complètement.

Entre-temps, l'orgue était devenu pour moi une source de revenus : une fois que j'ai su accompagner l'office du dimanche, à proprement parler *gratis pro Deo*, le père Durieux a vendu mes services à des fiancés se préparant au mariage et à des endeuillés — pour autant que les funérailles ne tombaient pas sur le temps scolaire. Ainsi ai-je bricolé des adaptations de la *Marche nuptiale* de Mendelssohn et de la *Marche funèbre* de Chopin, dont on me félicitait bruyamment alors que j'en massacrais de vils succédanés. À la fin du service, je recevais trente francs parfois accompagnés d'une carte de remerciements, et filais à la Fnac m'offrir un trente-trois tours de Pink Floyd ou Led Zeppelin, pas dupe d'acheter de la bonne musique avec ce que me rapportait la mauvaise — mais j'y voyais une sorte de réparation de mes forfaits.

Un peu avant la quarantaine, une amie médecin m'a attiré dans la troupe de la Revue des anciens internes, une bande de carabins donnant tous les deux ans un spectacle où les chansons parodiques tiennent le haut du pavé. Ma première surprise fut de découvrir les gauloiseries de mes consœurs, beaucoup plus salées et drôles que celles de mes confrères. En entendant, sur l'air des *Amants d'un jour*, une gynécologue chanter « Moi j'essuie des glaires sur des périnées », j'ai aussitôt rallié le groupe, et me suis vite laissé convaincre d'accompagner au piano ces gaudrioles. C'est alors que j'ai découvert ce que je devais à l'orgue et aux offices de Saint-Mamert, chaque membre de la troupe exigeant de chanter ses paillardises dans la tonalité qui convenait non seulement le mieux à sa voix, mais aussi à son humeur du moment. Tout en transposant ces polissonneries, j'en savourais le goût de blasphème et de liberté, jusqu'au jour où éclata une polémique à propos du cardinal Barbarin. Éclaboussé par des scandales de pédophilie au sein de son diocèse, il offrait à notre ironie une mine de satires — mais attaquer la religion semblait tabou, et les poids lourds de la troupe s'y sont opposés. Mon enthousiasme pour la Revue est retombé d'un seul coup, tant la liberté de moquer ne supporte pas la moindre entrave. Mais cette expérience a conforté ma conscience des liens, inattendus mais constants, qui unissent la religion, la musique et le sexe — découverte que la mort de Cécile Mugnier devait me confirmer de la plus triste façon, quelques mois plus tard.

PSYCHIATRE

Comme ce livre, nous sommes faits de pièces et de morceaux : d'un corps qui, tour à tour, nous réjouit et nous tourmente ; d'idées semées dans nos têtes à l'âge tendre ; de paroles entendues, proférées, lues, écrites ; d'expériences cruciales plus ou moins heureuses ; du moment historique où nous avons surgi du non-être ; des désirs confus et enchevêtrés dont nous procédons. Alliage de matériaux hétérogènes d'où émane une réalité immatérielle que les Anciens appelaient âme, qu'on nomme aujourd'hui psychisme mais que notre époque tient pour une vieille lune.

Pour avoir grandi à l'ombre d'une mère persuadée que la Vierge Marie apparaissait à des humains sains d'esprit, d'un père convaincu que les bolcheviques rêvaient d'écraser l'Occident capitaliste auquel il s'identifiait, et d'un grand-père à la voix terriblement nazillarde, j'éprouvais de la curiosité pour les grains de folie. Avec le recul, je pense que c'est une des principales raisons qui m'ont poussé vers l'impossible métier de psychiatre. À vrai dire, quand je m'y suis engagé, après mes six premières années de faculté, je n'avais qu'une représentation vague de l'exercice professionnel qui m'attendait : il me semblait que j'exercerais une médecine un peu fantaisiste, obéissant à une logique plus floue que celle des internistes ou des chirurgiens, et ouverte à toutes les sciences humaines qualifiées de molles par les gens sérieux. Je lisais alors, avec enthousiasme, les lettres de Boris Vian au Collège de pataphysique, et j'avais l'impression de m'engager dans une sorte de patamédecine potentiellement divertissante. C'était un peu vrai, mais je devais malgré tout déchanter.

Dans les années quatre-vingt, se côtoyaient à l'hôpital des praticiens ankylosés dans leurs postures asilaires, et des psychiatres soixante-huitards qui s'interdisaient d'interdire. Ces derniers se faisaient un devoir d'accepter tout écart à la norme, y compris lorsqu'il s'agissait de franche perversion, et s'accommodaient aussi bien des concepts freudiens que de l'ethnobotanique hallucinogène ou du joyeux bric-à-brac théorique exporté par la psychiatrie californienne. Ainsi, on pratiquait le cri primal autant que l'interprétation sauvage, dans des services vétustes où s'imposait, par ailleurs, le lourd bureaucratisme de l'internement. Voulant sans doute faire moderne, un vieux patron avait repris à son compte la distinction entre le *moi sain* et le *moi malade* des psychotiques, et proposait à celui-là de demander l'hospitalisation autoritaire de celui-ci : pris dans ce piège paradoxal, leurs malades s'obligeaient eux-mêmes à recevoir à vie les soins contre lesquels ils s'insurgeaient de (presque) toutes leurs forces. D'une façon générale, il m'a fallu quelques années pour découvrir que, voulant comprendre les désordres mentaux et apprendre à les soigner, je participais aussi à une entreprise de contrôle social où les grains de folie se répartissaient équitablement, y compris au sein d'une confrérie comptant presque autant de chapelles que de membres.

Dans le groupe des internes, on croyait alors se diviser entre partisans de la psychanalyse et tenants du comportementalisme. Cette divergence théorique nourrissait des querelles sans fin, et dessinait une hiérarchie professionnelle aux effets délétères : la référence à la psychanalyse ouvrait l'accès à une aristocratie rompue aux énoncés ardus, à la complexité conceptuelle et à la compréhension des faits cachés ; l'allégeance au comportementalisme, en revanche, reflétait un désintérêt pour les abysses du psychisme, un pragmatisme acquis à la rationalité médicale la plus simplette, et une adhésion aux outils rudimentaires du marketing. Dans presque toutes les têtes se développait donc l'idée que les étudiants brillants suivraient le sentier escarpé tracé par Freud, et les autres, l'autoroute ouverte par Skinner. Pareil schématisme ne pouvait refléter que des positions imaginaires et en partie fallacieuses. Notre coterie comptait donc des puristes acquis à l'orthodoxie psychanalytique — mais se déchirant entre freudiens, lacaniens, jungiens, kleiniens et dix autres sensibilités — et des pragmatiques se destinant à un behaviourisme essentiellement lucratif. Entre ces deux pôles, le gros de la corporation cherchait tant bien que mal à ne pas trop nuire à ses patients en picorant — chez Freud ou Skinner, Levinas ou Montaigne, Flaubert ou Cervantès — des concepts ou des idées susceptibles d'étayer leurs démarches soignantes. Les crétins, les barjots et les thérapeutes subtils se retrouvaient à parts égales dans toutes ces catégories, et les plus lucides se rappelaient qu'à l'impossible nul n'est tenu : même psychiatre et familier du pire, on doit se consoler soi-même avec les moyens du bord d'un sentiment d'impuissance, d'inconfort et d'illégitimité que réveillent jour après jour les insoignables détresses qui nous sont confiées.

Mais le monde psychiatrique changeait, à la fois en douce et en profondeur. De nouveaux mandarins accédaient aux responsabilités, issus d'une élite prenant les avancées de la technique pour des progrès de la science, et fascinés par les nouveaux moyens de communication, d'imagerie et d'informatique. Degré par degré, ils ont imposé l'idée que l'organe de la folie serait le cerveau, dont il suffirait de corriger les désordres par voie chimique, électrique ou biotechnologique. Chacun, jaloux de sa marotte, prétend aujourd'hui qu'on peut rendre à l'hétérosexualité les enfants gay ; à la tolérance les fanatiques religieux ; au diagnostic génétique les schizophrènes. Rien n'échappe à leur rationalisme, ils ont réponse à tout. Sous leur influence, l'hôpital psychiatrique se transforme en station de graissage-vidange cérébral express, et l'institution excessivement tolérante d'antan devient une usine de production de soins maladivement arrogante. En 2020, aucun interne sérieux n'aurait plus l'outrecuidance de laisser de *terra incognita* dans la carte de ses connaissances — ce qui n'empêche ni la folie ni la souffrance psychique de prospérer dans des proportions inquiétantes. Par chance pour la société, il reste une jeunesse pas sérieuse.

L'année où Freud est né, paraissait en France *Madame Bovary*. Parmi les hautes scènes de ce roman, j'ai une tendresse particulière pour celle au cours de laquelle Emma reçoit, de la part de son amant Rodolphe, un mot de rupture caché dans une corbeille de fruits — en l'occurrence, des abricots. La corbeille de fruits représente le moyen par lequel il lui fait passer, habituellement, des billets doux. Depuis quelques semaines, les deux amants parlent d'aller filer le parfait amour en Italie, et ils ont ourdi un plan machiavélique pour que Charles s'aperçoive trop tard de la disparition de son épouse. Après avoir encouragé cette rêverie d'embarquement pour Cythère qui fait briller les yeux de sa maîtresse, Rodolphe s'avise, in extremis, des complications affectives que peut lui valoir ce voyage quasiment nuptial. La nuit précédant leur départ, jugeant prudent de se désengager, il écrit à Emma une lettre pleine de cautèle pour louer sa beauté et la sincérité de leur amour, mais précise qu'il s'en voudrait d'exposer une femme au cœur aussi pur à des critiques, voire à des outrages. Il renonce donc à leur projet, et, pour ne pas céder à la tentation de se rétracter, quitte la région, seul, pour quelques mois. Lorsque la malheureuse trouve ce message au fond de la corbeille, son brutal dessillement la met au désespoir. Peu après, voyant Rodolphe filer en tilbury devant sa fenêtre, elle fait un malaise. Perpétuellement disposé à rendre service, le pharmacien Homais vient à la rescousse de Charles, et ne tarde pas à comprendre l'origine du problème : en se portant au cerveau de la malheureuse, l'arôme des abricots aura provoqué la syncope. Peu fréquent mais bien documenté, ce phénomène olfactif s'observe même chez les chiens. Pour sa part, Homais perçoit depuis longtemps chez la femme du médecin des irrégularités nerveuses : « elle m'a toujours paru, je l'avoue, une vraie sensitive ». Et voici la lumière faite sur les états d'âme de Madame Bovary : bel exemple de psychiatrie positiviste.

Les Homais d'aujourd'hui disposent d'ordinateurs en réseau, d'imagerie dynamique et de molécules puissantes, mais ont tendance à oublier que le métier de psychiatre relève d'une alchimie délicate et ne se résume pas à normaliser des conduites ou à redresser des déviances. Sa noblesse tient au développement d'une troisième oreille faite de bric et de broc, capable de saisir la chose immatérielle et précieuse émanant de ce qui nous constitue ; de comprendre ce qui s'achète dans les brasseries ; et de renforcer les remparts souvent biscornus que chacun lève contre les grandes peurs qui l'habitent — la perte, la douleur et la mort. Quelque pédanterie scientiste qu'il se permette, le discours médical ne me fera jamais croire que les amants trahis de notre époque tirent plus de réconfort des antidépresseurs qu'Emma Bovary du régime sans abricots.

QUIGNARD

C'est à Pascal Quignard que je dois ma conscience de notre parenté non seulement avec nos ascendants historiquement connus — nos aïeux, les Anciens qui ont laissé de leur passage sur terre une empreinte signée —, mais aussi avec ceux qui les ont précédés et qui ont disparu dans l'anonymat, même s'ils ont apposé pour des millénaires leurs marques sur des parois rocheuses à Lascaux, Altamira, Bornéo ou ailleurs. D'où un sentiment de continuité avec le paléolithique, l'homme de Cro-Magnon et les cavernes, lesquelles furent peut-être les premiers instruments de musique : Quignard les suppose ornées comme des clavecins baroques, donc.

Ressuscitant des mots passés d'usage — le *ramas*, qui n'est ni vraiment le ramassis ni vraiment l'amas ou la récolte, le *fredon* qui nous berce en sourdine —, il n'en finit jamais d'explorer les liens qui nous unissent à nos lointains historiques, géographiques, linguistiques, spirituels. Il glane tout, pose le fruit de sa quête sur la page blanche, semble faire le tri sous nos yeux. Par lui nous apprenons par exemple que la plouf de nos cours de récréation, *Am stram gram*, reproduit à peu de chose près une incantation chamanique venue de Sibérie : « *Emstrang Gram / Biga biga ic calle Gram / Bure bure ic raede tan / Emstrang Gram / Mos !* » dont il donne une traduction littérale : « Toujours-fort Loup / Viens viens j'appelle Loup / Arrive arrive je demande au tan [la baguette magique] / Toujours-fort Loup / Manger ! » Un pont se lance aussitôt entre les préaux de notre enfance et les rives de l'Ienisseï, où rôdent les mêmes terreurs et les mêmes défenses immémoriales par la ritournelle et la pensée magique.

Pascal Quignard confesse une gêne technique à l'égard de l'écriture fragmentaire, qui pourrait témoigner d'une paresse de l'auteur, ou de l'absence d'une totalité que le texte aurait vocation à épuiser, ou encore d'un stratagème destiné à renouveler ce qu'il désigne comme *l'éclat bouleversant de l'attaque*. Au panthéon des livres faits d'un ramas de morceaux, plus haut que les *Pensées* de Pascal ou les *Essais* de Montaigne, il fait trôner *Les Caractères* de La Bruyère. Quand on repose son livre, on a l'impression de connaître ce La Bruyère, pitre par timidité, écrivain devant sa renommée à un unique petit livre. Malgré la gêne dont il se plaint, Quignard écrit généralement lui aussi par fragments, parfois d'une brièveté fulgurante. Sans doute garde-t-il par-devers lui sa croyance en l'écriture fractale : chaque section formerait un tout, chaque assemblage en formerait un autre qui à la fois réplique ses parties et ouvre de nouveaux horizons. Nul doute qu'il en retire aussi une des formes les plus bouleversantes du plaisir, littéraire comme érotique : celui des commencements.

Une légende veut que le roi Shihram, pour se désennuyer, demanda au jeune Sissa de lui inventer un jeu susceptible de le distraire longtemps. Sissa inventa le jeu d'échecs, et le roi en fut si comblé qu'il lui proposa de choisir un cadeau fastueux. Jouant les modestes, Sissa demanda du riz : un grain sur la première case, deux sur la deuxième, quatre sur la troisième et ainsi de suite jusqu'à la soixante-quatrième. Le roi trouvait la récompense insuffisante, faute d'avoir en tête la progression des fonctions exponentielles et faute d'une conscience généalogique assez affûtée : sur la dernière case il fallait poser plus de neuf milliards de milliards de grains, sur l'ensemble du plateau le double, soit environ trois cent soixante milliards de tonnes. En 2014, un économiste espiègle a calculé qu'au prix du riz en France, cela correspondait à cinq années de produit intérieur brut mondial.

Le clonage pourrait, dans un avenir lointain, bousculer la logique générationnelle, mais actuellement nous avons encore tous deux parents biologiques, quatre grands-parents, huit arrière-grands-parents, etc. Si nous remontons à soixante-quatre générations dans le passé, ce qui nous amène à l'époque mérovingienne, chacun peut prétendre y trouver neuf milliards de milliards d'ancêtres — puis, en remontant encore, dix-huit, trente-six, soixante-douze milliards de milliards, etc. — alors que la planète entière comptait au maximum deux à trois cents millions d'humains. En toute logique, nous sommes tous le fruit de croisements entre apparentés, donc tous des descendants de Charlemagne comme le proclament les généalogistes, ou tous des juifs allemands comme le prétendait un slogan de Mai 68. Mais aussi, tous cousins d'Hitler et représentants de la banalité du mal, ce qui nous invite à établir notre filiation mentale ailleurs que dans la biologie. Pour ma part, j'aime cousiner avec Pascal Quignard.

RIMBAUD

Deux écrivains récents, à l'échelle de l'histoire, ont donné lieu à des sortes de religions laïques : Proust et Rimbaud. L'un se caractérise par une prolifération littéraire presque envahissante ; l'autre, au contraire, par une telle rareté poétique qu'elle sacralise la moindre parole glanée, que cette parole vienne de lui ou lui soit adressée. De sorte que, si elle n'a guère enregistré que l'incipit d'*À la recherche du temps perdu*, la mémoire collective roule dans beaucoup de têtes des vers de Rimbaud, du *Dormeur du val* au *Bateau ivre* et au-delà.

Par bribes, ses poèmes de vadrouille m'accompagnent en promenade : *Petit Poucet rêveur j'égrenais dans ma course des rimes*. Il me semble connaître la serveuse du Cabaret-Vert aux *tétons énormes* dont on sait que *ce n'est pas un baiser qui l'épeure*. Et, quand le mois de juin fait refleurir les tilleuls, leur parfum de miel me rappelle qu'*on n'est pas sérieux quand on a dix-sept ans*. D'innombrables autres fragments me tournent en tête, *l'opéra fabuleux*, *le dérèglement de tous les sens*, *trouver le lieu et la formule*, *Ô saison, ô châteaux*. De sorte que si Proust exerce sur moi l'attraction des planètes lourdes, Rimbaud colonise mon imaginaire comme aucun autre auteur.

Et pourtant, le poète de Charleville demeure comme une énigme dans le paysage littéraire, étoile filante qui aurait pu rester d'autant plus inaperçue que, malgré sa brièveté, l'œuvre qu'il nous a laissée n'a rien d'homogène. De ses quelques années de création poétique, il reste des élans d'enfant — *Nature, berce-le chaudement* — et des foudroiements d'homme post-mature — *Je fixais des vertiges* — qu'il est bien difficile de coudre ensemble pour dresser un portrait. D'autant qu'après l'âge de vingt ans, Rimbaud n'écrit plus un seul vers, et met sa pratique de la langue au service des intérêts les plus prosaïques. À partir de 1874, il erre à Londres, s'engage comme précepteur à Stuttgart, bourlingue entre la Toscane et l'Autriche, s'enrôle dans l'armée hollandaise, part à Sumatra, déserte, rentre par Cork et Liverpool, devient chef de chantier dans une mine à Chypre, part pour Aden et se fait, pour une décennie, commerçant en Abyssinie. C'est d'Abyssinie qu'il réclame à sa mère, lettre après lettre, les ouvrages et les instruments qui vont lui permettre de se former aux métiers dans lesquels il rêve de se recycler : charpentier, géographe, maçon, ethnologue, serrurier, météorologue, potier, explorateur, menuisier, ingénieur ferroviaire, tanneur, linguiste, chasseur, astronome, briquetier, photographe, mécanicien, minéralogiste ou fabricant de bougies, parmi beaucoup d'autres. Espoirs chaque fois déçus : il reste, et en général avec profit, un négociant. Environné de demi-portions venues faire fortune autour de la mer Rouge, il commerce, troque, se multiplie pour transformer en or des traites émises en monnaie de songe, trafique un peu mais pas autant qu'on l'a dit. Aucune participation à des ventes d'esclaves, et une seule, désastreuse, à une caravane d'armes, en l'occurrence des pétoires antédiluviennes destinées à l'empereur Ménélik — un redoutable mauvais payeur. En revanche, Rimbaud importe en Abyssinie des quantités astronomiques de papeterie, de tissus, de ferblanterie — et même des objets de piété que son correspondant au Choa n'arrive pas à écouler. Rimbaud trafiquant ? Oui, de chapelets et de calepins dans un pays largement analphabète.

Durant les années abyssines, Vitalie, sa mère, qui l'aime sans doute beaucoup mais mal, se désespère de ses silences : « Heureux ceux qui n'ont pas d'enfants, ou bien heureux ceux qui ne les aiment pas » ! Nous sommes en 1885, au moment où Rimbaud consacre son temps et son énergie à organiser le convoi d'armes qui lui vaudra tant d'avanies. Il espère en tirer vite « 25 à 30 mille francs » et rentrer en vacances au pays, alors qu'il lui faudra deux ans pour éviter d'y engloutir toutes ses économies. Outre l'état de ses finances, Rimbaud évoque le climat détestable et l'ennui qu'il éprouve dans ce pays reculé. Il aimerait partir à Zanzibar, où il y a de l'argent à gagner et où il lui semble qu'il s'ennuierait moins, mais il reste à se morfondre au Harar, où il peut caresser son rêve sans risquer de le briser. En août 1890, lui vient l'idée inattendue de revenir se marier au pays. Certes, il aimerait se sédentariser tout en restant nomade, et s'il déteste les chaleurs du Harar, il craint de ne pas supporter les hivers ardennais. Mais on imagine le soulagement de Vitalie, malgré ces démonstrations d'ambivalence : oubliant qu'il fut poète maudit, homosexuel notoire et vagabond jamais assouvi, c'est en rentier que Rimbaud le fils envisage de revenir au bercail pour faire une fin bourgeoise. Hélas, arrive peu après la varice à la jambe droite qui obstrue l'horizon : *on vieillit vite, ici*. Pommades, bandages, frictions, bains, chaussette de contention, rien n'y fait : Rimbaud marche sur un clou, ne dort plus, perd ses forces. Après avoir soldé ses comptes, il quitte Harar le 7 avril 1891 pour arriver le 20 mai à Marseille, où le diagnostic de cancer osseux est enfin posé. Le malade est amputé de la jambe droite peu après, puis revient dans sa famille à Roche fin juillet. Mais son état de santé s'y aggrave, il choisit de repartir à Marseille d'où il compte, grand Poucet resté rêveur, s'embarquer pour Aden. Sa maladie en décidera autrement : il est tellement affaibli qu'il doit être réadmis à l'hôpital, où il mourra le 10 novembre.

Sa dernière année, vouée à la prose de la maladie et au triste pensum de mourir, nous laisse l'image de quatre saisons en enfer. Quelques phrases ou fragments de phrases malgré tout s'en détachent encore, qui peuvent se ficher dans la mémoire aussi profondément que les citations les plus célèbres des *Illuminations*. D'abord celle d'Isabelle, la sœur attentionnée qui veillera Arthur durant ses dernières semaines. Le 13 juillet, alors qu'il termine son premier séjour marseillais à l'hôpital de la Conception, elle lui écrit de Roche et lui parle des travaux de la ferme. « Ici, le temps s'est remis depuis trois ou quatre jours » : ces mots de paysanne sont aussitôt suivis d'une précision qui sonne comme un lapsus : *Nous fanons*. Délicieuse ambiguïté de la langue, que le moribond a sans doute entendue avec une pointe de satisfaction. Quelques mois plus tard, à la veille de sa mort, Arthur dicte à sa sœur un billet destiné au directeur des Messageries maritimes. Il s'enfonce alors dans la confusion préagonique, se débat dans un cauchemar éveillé et se livre sans filtre. D'abord, se croyant encore négociant en Afrique, il détaille le nombre de défenses d'éléphants qu'il a réparties dans des lots imaginaires. Vient ensuite un cri de détresse, « moi, impotent, malheureux, je ne peux rien trouver, le premier chien dans la rue vous dira cela ». Et enfin, ultime phrase connue du poète, « dites-moi à quelle heure je dois être transporté à bord » : cette fois, ce n'est plus à l'autorité maritime qu'il s'adresse, mais à Charon soi-même, le nautonier des enfers. J'imagine Isabelle à ce chevet d'hôpital, épuisée par les nuits de veille et probablement fanée, mais notant scrupuleusement le délire de son frère mourant. Je l'imagine, larme à l'œil et cœur serré, à la fois émue de retrouver chez Arthur la vieille obsession de partir, mais bouleversée de savoir que, de ce voyage-là, il ne reviendra pas.

Rimbaud enterré, le culte pouvait commencer, ridicule et touchant. Isabelle allait céder aux flatteries d'un certain Pierre-Eugène Dufour, rimeur entiché de son frère et connu sous le pseudonyme de Paterne Berrichon. Se réclamant de l'amitié de Verlaine, alors perclus d'absinthe, et de Paul Claudel, déjà zélateur de la morale catholique la plus étriquée, ce mauvais apôtre érigera la statue d'un Rimbaud chaste et mystique. Puis Charleville-Mézières s'emparera de son glorieux enfant, qui détestait sa ville, et se jumellera avec Harar, autre haut lieu de l'ennui du poète. Des contre-offensives restaureront la figure du génie révolté devenu marchand atypique : on soupçonnera

Vitalie d'avoir fauté avec son confesseur, lui aussi mort d'un cancer des os ; des pèlerins fêteront avec dévotion les 20 octobre et les 10 novembre ; on traquera l'ombre du poète sur les photos prises à l'Hôtel de l'Univers, à Aden. Mais rien n'y fait, Rimbaud reste une planète gazeuse et insaisissable, un voyant ubiquitaire, le sujet d'un des plus beaux textes de Julien Gracq, écrit à l'occasion du centenaire de sa naissance — et le colonisateur des milliers de mémoires dans lesquelles trottent, pour des siècles sans doute, ses vers, ses rêves et ses coups de gueule.

SCIENCE

C'est Vladimir Jankélévitch qui m'a initié aux riches harmoniques engendrées par le mot science. Au début des années quatre-vingt, a paru une réédition largement augmentée de son essai intitulé *Le Je-ne-sais-quoi et le Presque-rien*. D'après lui, les lecteurs s'en étaient entichés et ne tarderaient pas à s'en *désenticher*. Sur ce dernier point, la suite a montré qu'il se trompait un peu : enfin révélée au grand public, son œuvre n'a plus cessé de faire l'objet d'une attention soutenue. Pour ma part, j'ai découvert le livre avec quelques années de retard, au temps de mon internat. Émerveillé, j'y retrouvais sous une forme savante l'ipséité de mes quatre ans, cette *fine pointe de l'instant* qui sépare le pas-encore du jamais-plus — l'avènement permanent, entre potentialité intacte et réalisation irrévocable, que j'assimile à l'*incessante origine* du poète Mario Luzi. Même s'il nous mène à petits pas inconscients vers notre fin, ce processus nous vaut en chemin une belle palette d'émotions allant du bonheur à la désolation en passant par l'espérance et la nostalgie.

Des pas incon*scients* : l'expression suggère qu'ils sont accomplis dans l'ignorance de leur accomplissement. Pour être plus exact, il faudrait évoquer des pas *nescients*, accomplis dans l'ignorance de leurs enjeux. Avant que je lise Jankélévitch, le mot *nescience* m'était inconnu. La notion d'ignorance ne me renvoyait guère qu'à de cuisants revers d'écolier, et l'idée d'un négatif de la science ne m'avait jamais effleuré. C'est à partir de cette lecture que j'ai commencé à distinguer les diverses formes d'inconnaissance, depuis l'ignarerie du cancre jusqu'à la nescience du mystique. L'un ne sait pas ce qu'il aurait dû apprendre ; l'autre manque — parfois de presque rien — la compréhension de ce qui ne peut être saisi. Depuis, je perçois mieux les irisations subtiles du mot science, à la fois savoir, sagesse, connaissance, gnose, corpus, expérience ou intelligence des phénomènes. Et je vais de surprise en surprise lorsque je découvre en moi un savoir que j'ignorais détenir, une aptitude à comprendre qui me console de mes ignorances avérées et des limites de mon bagage conceptuel.

Vladimir Jankélévitch était un homme fluet, au visage étonnamment grave lorsqu'il écoutait, et étonnamment mobile lorsqu'il parlait. Son érudition le disputait à son humour et à sa joie, qu'il évoque la musique ou les convulsions de l'histoire, dont il était un rescapé. Je m'avise avec retard qu'il a sans doute largement contribué à me faire accepter les limites de tout savoir, sur le mode non pas de la résignation paresseuse mais de la modestie exigeante. En cela, il s'apparentait pour moi au Freud énonçant que l'interprétation des rêves bute inéluctablement sur un ombilic — et j'ai appris longtemps après que Samuel Jankélévitch, le père du philosophe, avait livré une traduction en français du premier ouvrage considéré comme psychanalytique, la *Traumdeutung*, sous un titre controversé et finalement abandonné pour les éditions ultérieures : *La* Science *des rêves*. L'idée freudienne qu'il existe une part ininterprétable dans chaque rêve renvoie à un trait fondamental de la culture juive, mitonnée dans le creuset d'une religion qui a créé son Créateur pour mieux le congédier et s'adonner librement à une philosophie nourrie de questions sans réponse. Dès mes années d'internat, je me suis senti proche de cette culture, qui me fait juif de cœur beaucoup plus que de sang — même si je sais devoir à une dame Stein une part, minime certes, mais indéniable, de mon génome.

Prolongeant Rabelais, on peut affirmer que science sans nescience ne vaut pas mieux que science sans conscience. Dans l'exercice de mes fonctions de psychiatre, j'ai toujours tiré un plaisir singulier des premières consultations avec un patient, ce moment privilégié où l'essentiel de sa problématique m'échappe encore et où je traque les indices capables de m'éclairer. Comme au théâtre lorsque le rideau s'ouvre, je découvre un paysage psychique dont les ressorts me sont inconnus et dont les pénombres cachent des potentialités infinies. Sur cette scène se déploie une langue dont je ne connais pas encore les codes — cachotteries de la névrose ou fracas sémantique de la schizophrénie, précision de la paranoïa ou ruses de la perversion. Invité à dialoguer sur le plateau, j'y avance comme dans les brouillards de mon enfance : lentement et avec prudence, en prenant garde à ne pas trop bousculer l'ordonnancement de ce qu'on m'y présente et soucieux de ne pas achopper sur un écueil ou tomber dans une trappe. Puis, petit à petit, la brume se dissipe, des cheminements se dessinent, la traduction du vécu en paroles se précise. Alors, je repère mieux de quoi il retourne derrière les écrans de fumée, tout en respectant les recoins inexplorables qui laissent à autrui sa part d'opacité — comme dans toute autre forme de relation.

Je serais bien incapable de formuler le contenu de ma *science* professionnelle : par quelle troisième oreille j'entends ce qui ne se dit pas, sur quelle théorie s'appuie ma compréhension des faits cachés, et surtout de quels leviers provient mon pouvoir thérapeutique. De sorte que j'accueille peu ou prou comme une surprise les allégations d'embellie, d'améliorations voire de guérisons que m'adressent les personnes que je soigne. Sans doute est-ce l'effet de ma *docte ignorance*, cette forme noble de méconnaissance que Jankélévitch prend soin de distinguer de ce qu'il appelle *ignorance doctorale* — revendication d'omniscience pédante et prétentieuse. Il me semble que, de connaître les limites de ma connaissance et de ne pas savoir exactement ce que je sais, procède la justesse de mon *métier*. Par corollaire, la science sans ombre des je-sais-tout de la psychiatrie me fait horreur, et je n'en finis pas de m'indigner d'une outrecuidance largement répandue au sein de la confrérie. Je pense à cette quête méticuleuse du symptôme ou du signe sur lequel fonder un diagnostic que rien ne remettra plus jamais en cause, véritable cage de savoir dans laquelle le patient tournera pour le reste de ses jours. Ou à la manière très moderne et fallacieuse de réduire la maladie mentale à un désordre du cerveau et de vendre un prêt-à-soigner censé répondre à tous les cas d'espèce, en ne laissant au doute que le strapontin d'une clause de style. La tranquille assurance de ces praticiens représente un scandale dont on ne s'offusque pas assez : comment osent-ils prétendre toucher les asymptotes que nul n'atteint ? Détenir la clé du bien-être et la vendre à des crédules ? Gommer les mystères de la vie psychique et réduire l'ensemble des comportements humains à la simple recherche du confort ou du profit ? Ne croyant plus à l'âme — l'ancien nom du psychisme —, ils semblent croire, benoîtement, que science sans nescience n'a plus rien à ruiner. Rabelais, à coup sûr, les fesserait !

TRAVAIL

Tout aurait commencé quatre mille ans avant notre ère, voire six mille, ou même dix mille d'après certains, par le son *pag* ou *pak* dans une langue dont nous ne savons pas grand-chose mais que nous postulons. On a des raisons de supposer que nos lointains ancêtres, entre le Gange, le Caucase et l'Anatolie, s'exprimaient dans des dialectes qui en dérivaient. Il semble que *pag* ou *pak* signifiait enfoncer, fixer, et que le latin l'a transformé en *pax, pacis* puis *pactus* et *pactum* pour signifier fixer un accord, sceller un pacte. Dans la langue originaire, *pak-sla* désignait la bêche et *pak-slos* le pieu qu'on fiche en terre, sur lesquels le latin a construit *pala* et *palus*, de même signification. Le pieu spécial qui servait au bornage des terrains ou des terroirs fut appelé *pagus*, et une vigne rectangulaire *pagina*. Bouturer une vigne pour l'étendre amena la création du verbe *propagare*. Les habitants d'un district borné par les *pagi* furent appelés *pagani*, d'où dérivent les paysans d'une part, les païens d'autre part, parce qu'à la fin de l'Empire la christianisation commença par les villes. Rendons à César ce qui lui appartient : c'est Jacqueline

Picoche qui nous révèle cette filiation sémantique dans son *Dictionnaire étymologique du français*, mine inépuisable d'étonnements.

Cheminant en sa compagnie, nous découvrons six familles de mots issus de *pak* ou *pag* et cousinant entre eux. La première descend de *pax, pacis* qui donne d'abord la paix et ses dérivés évidents — paisible, apaiser — mais également la paye, action qui consiste à maintenir ou rétablir la paix avec quelqu'un en lui donnant de l'argent. Le verbe latin *pacificare* a donné pacifier, d'où dérivent entre autres pacifique et pacifisme, et le mot *pactum*, pacte et pactiser. La deuxième famille provient de *pagus* et donne d'une part le pays et ses dérivés — le paysan, la payse, le paysage, etc. — et d'autre part le païen et sa lignée — paganisme, paganiser. Issue de *palus* et *pala*, la troisième famille retrouve la bêche et le pieu du passé lointain : pelle, pelletée, pelleteuse, etc., mais aussi pale, palette, pieu, palplanche, palissade, pal et ses terribles enfants — empaler, empalement — ainsi qu'une déformation du mot espagnol *paliza*, la palissade, qui devient balise. Quatrième famille, le rectangle de vigne, *pagina*, a donné la page et, par extension, la pagination et le verbe paginer. La cinquième famille est issue de *propagare*, dont le descendant le plus direct est propager et sa grande famille — propagation, propagateur, propagande, etc. Et enfin, la sixième famille issue de *pactus* donne compact, impact et leurs dérivés.

Un embranchement inattendu part de *palus*, le pieu : l'appareil qui dès l'Antiquité servait à immobiliser les gros animaux domestiques fougueux et dangereux — chevaux, ânes, bovins — pour les ferrer ou les soigner sans risque. Il s'agit de deux pieux en X auxquels on fixe les pattes de l'animal, supportés par un troisième pieu parallèle à l'axe du corps. Un « trois-pieux » que les Romains appelaient *tripalium*, ce qui aurait donné le mot français travail. Cet appareil de maréchalerie, en voie de disparition, admet comme pluriel *des travails*. Assimilé à un instrument de torture — peut-être à cause de la parenté étymologique entre le pieu et le pal, à moins qu'il ait réellement servi à punir des esclaves —, il a vite été associé à la douleur, et d'abord à la douleur suprême qui est celle de l'enfantement. D'où le terme médical de travail pour décrire la période s'étendant entre le début de la dilatation du col utérin et l'expulsion du fœtus. Puis, par extension, il a pris le bouquet serré des significations qu'on lui prête dans le langage courant : effort, métier, tâche (faire un travail), ouvrage (produire un beau travail), lieu d'exercice de son métier (aller au travail), temps de cet exercice (après le travail), modification d'une matière (le travail du bois), effet transformateur du temps sur une matière (travail de l'érosion), processus psychique (travail du deuil ou du rêve), produit de l'application d'une force (travail d'une machine, d'un moteur).

Il faut reconnaître que la filiation conduisant de *tripalium* à travail n'est pas formellement avérée. Un linguiste nommé Nicholson la conteste et propose comme plus logique le latin *trabattere* : battre excessivement, molester, tourmenter. Reste en tout cas l'idée que travailler fait mal. Après avoir adhéré à une conception plutôt positive du travail — censé relier les humains entre eux et réjouir le cœur du travailleur à qui il donne un sentiment d'utilité sociale —, Marx s'est rallié aux connotations véhiculées par l'étymologie. Devenu aliénation, le travail apparaît dans son œuvre comme la base de la propriété privée et de la domination bourgeoise. Poussant plus loin, Paul Lafargue, son gendre, publie en 1880 son fameux *Droit à la paresse*, qui fut mon livre de chevet dans mes années de lycée. Avec lui j'ai rêvé à la journée de trois heures ; au temps libre consacré à des saouleries allègres, savantes et pacifiques ; ou encore à la redistribution des profits tirés du travail des machines. Petit joyau d'utopie, que j'ai admiré, prêté, perdu, racheté, reperdu et finalement laissé tomber : plus j'avançais en âge, plus la réalité lui faisait de tort.

Au fond, comme beaucoup d'humains sans doute, j'hésite en permanence entre l'amour du travail et son contraire. J'exerce le plus souvent avec joie mon métier de psychiatre, d'une part parce que sa fonction de libération psychique m'importe, et d'autre part parce qu'il me confronte chaque jour à des humanités inattendues et romanesques. Mais, que je m'absente plus de deux semaines et je regarde mon métier avec perplexité, comme une pratique ésotérique à laquelle je ne serais pas initié. Très souvent, la nuit précédant ma reprise, je fais des cauchemars dans lesquels je me retrouve confronté à ma totale inexpérience professionnelle — puis au matin suivant, sitôt franchi le portail de l'hôpital, la question s'évapore face à la souffrance psychique et à la maladie mentale dont m'apparaît de nouveau la déconcertante familiarité.

Quant au travail d'écriture, il produit en moi une curieuse impression d'écartèlement : à la fois épuisant et impérieux, il se présente comme une divine corvée dont la privation me serait insupportable mais dont l'inutilité immédiate me pose des questions tourmentantes. Ajoutons que l'effort d'écrire est compensé par les délicieuses mais fatigantes escapades dans ma bibliothèque et dans mes souvenirs, occasion de se rappeler que la page et le pays sont de proches cousins, et qu'en anglais le mot travail s'est transformé en *travel* : le voyage.

URANIUM

En 1781, William Herschel découvre une nouvelle planète dans le système solaire, et la nomme *Georgium Sidus*, ce qui signifie astre géorgien, en référence au roi George III — le roi fou, dont l'internement dans un château où il ne régnait plus que sur ses gardiens inspirera à Michel Foucault des pages magistrales sur le pouvoir souverain et le pouvoir disciplinaire. Mais cette dénomination fleurant la courtisanerie passe mal en France, où finalement la filiation des dieux romains paraît plus apte à rendre compte de la succession des planètes. Jupiter est fils de Saturne, lui-même fils d'Uranus : voici la nouvelle planète baptisée.

Depuis longtemps, les verriers de Bohême et les céramistes de Saxe utilisent une roche grise à reflets jaunes, la pechblende, pour donner à leurs vitraux une légère fluorescence et à leurs émaux une coloration jaune ou verdâtre. Huit ans après la découverte d'Uranus, Martin Klaproth, chimiste prussien, isole à partir d'un bloc de pechblende un composé gris qui s'avère être le sel d'un métal qui lui semble avoir la couleur de la planète récemment découverte, et qu'il appelle donc uranium. Le métal pur ne sera isolé qu'en 1841 par le chimiste français Eugène-Melchior Peligot ; sa radioactivité sera découverte par Henri Becquerel à la toute fin du siècle ; et, deux ans plus tard, son assistante Marie Curie découvrira dans le même minerai le radium et le polonium, qui lui vaudront deux prix Nobel et un cancer.

On découvrira petit à petit que l'uranium est massivement présent dans le manteau terrestre sous une forme stable, l'uranium 238, dont la quantité de radioactivité — faible — se divise par deux tous les quatre milliards et demi d'années environ. Beaucoup plus labile, l'uranium fissile, dit 235, ne perd la moitié de son rayonnement — puissant — qu'en sept cents millions d'années. C'est grâce à ces roches bourrées d'énergie que le manteau terrestre garde sa chaleur. Entre les deux guerres, l'idée d'en tirer une substance explosive prospère vite, à la fois en Allemagne nazie et aux États-Unis, où une brochette de physiciens cognitivement agiles découvre, sous la houlette de Robert Oppenheimer, que cinq kilogrammes d'uranium fissile suffisent à déclencher une réaction en chaîne dégageant une telle quantité d'énergie qu'elle surpasse de très loin toutes les armes connues jusqu'alors. Prenant de vitesse le Troisième Reich, les États-Unis disposent en 1945 de trois bombes. Un atout important pour mater le Japon, qui refuse de se rendre.

La bombe *Little Boy* contenait soixante-quatre kilos d'uranium. Il semble que, sur cette quantité, sept cents grammes seulement ont explosé sur Hiroshima, le 6 août 1945. Ils ont suffi à raser la ville, par le souffle direct puis par l'incendie. Lancée sur Nagasaki trois jours plus tard, la bombe *Fat Man*, chargée de six kilos de plutonium, fait preuve d'un rendement jugé lui aussi prometteur. On estime que ces deux bombes ont tué directement ou par cancers ultérieurs trois cent mille personnes. L'histoire a retenu que Paul Tibbets, le pilote qui a ordonné le largage de *Little Boy*, avait appelé son avion du nom de sa mère, Enola Gay, et que ce bon fils a affirmé trente ans après le massacre qu'il *dormait bien toutes les nuits*. Selon toute vraisemblance, il ne se réveillait pas non plus durant la journée.

Après la capitulation du Japon, se doter de la bombe devient l'idée fixe de plusieurs États, dont la France. À cet effet, De Gaulle instaure une politique de recherche qui passe par la création de plusieurs centrales atomiques, dont le centre de Cadarache, étourdiment installé sur une faille sismique. Pompidou poursuit dans la même voie, peu de gens s'y intéressent. De toute manière, l'époque voue une confiance aveugle à l'ingénierie française, à qui l'on doit le paquebot France, réellement insubmersible, et l'avion Concorde qui, contrairement à sa mauvaise copie soviétique, ne peut pas s'écraser. Le choc pétrolier de 1973 résonne comme un coup de tonnerre dans un ciel serein : soudain, se chauffer au fuel devient un luxe, il faut trouver des énergies alternatives. Élu de justesse l'année suivante, Giscard d'Estaing commence à truffer le pays de centrales nucléaires. Mon père, qui savoure cette revanche de l'intelligence européenne sur la cupidité moyen-orientale, verrait avec joie fleurir des usines atomiques tous les cinquante kilomètres : on aurait à foison du courant bon marché et pourrait éclairer *a giorno* les autoroutes, comme en Belgique. J'ai quinze ans, j'acquiers des rudiments de physique et de chimie au lycée, et je lui fais observer qu'on joue avec un feu qu'on ne maîtrise pas, mais il traite mon pessimisme comme une marque d'immaturité adolescente. Lui-même, électeur avisé et ingénieur autoproclamé, sait à quoi s'en tenir : nos centrales obéissent à un cahier des charges tellement rigoureux que l'accident y est impossible, et notre haut niveau de compétence technologique permettra forcément de trouver, un jour ou l'autre, le moyen de recycler les déchets et de démanteler les usines quand elles seront trop vieilles. Quant au surgénérateur de Creys-Malville, le joyau de la couronne, il en attend des prouesses fabuleuses. En confier le refroidissement à cinq mille tonnes de sodium susceptibles d'exploser spontanément au contact de l'eau ou de l'air, ce qui désertifierait des kilomètres carrés pour des millénaires, lui semble une preuve du génie de l'homme occidental, donc incidemment du sien.

L'accident d'une centrale états-unienne en 1979 ne le fait pas changer d'avis. Celui de Tchernobyl en 1986 lui confirme simplement l'arriération technologique des Soviétiques, et il évalue le bilan humain à cinquante décès quand les plus pessimistes — à moins qu'il ne s'agisse des plus lucides — parlent d'un million de morts. Le calamiteux bilan énergétique et financier de Super-Phénix le laisse de marbre et, en 2011, il emboîte le pas de Nicolas Sarkozy, selon qui il serait scandaleux de profiter de la catastrophe de Fukushima pour remettre en cause la filière nucléaire. Cet aveuglement témoigne de son zèle à croire que les centrales vendent de l'électricité bien française en oubliant que leur combustible vient de pays lointains — mais aussi de son rêve d'un pays chauffé l'hiver et climatisé l'été, sillonné de lignes à haute tension et de trains à grande vitesse, et où le moindre mouvement serait asservi par un moteur. Il connaît pourtant la mythologie gréco-latine, et n'ignore pas qu'Uranus jetait aux enfers les enfants qu'il faisait à sa mère, Gaïa. Mais, à Saint-Mamert, il prie un Dieu autrement puissant que Jupiter, et tellement technophile qu'Il n'autoriserait pas un tremblement de terre proche de Cadarache ou de Fessenheim. On en arriverait presque à souhaiter que ce Dieu radioprotecteur existe.

VIALATTE

Difficile de cerner Alexandre Vialatte. Né dans une famille originaire d'Ambert en 1901, donc à peu près contemporain de mon grand-père Gustave, il aura vécu à Mayence, Berlin, Paris, Le Caire — mais partout en Auvergnat fidèle à son terroir, dirait-on. Fidèle, aussi, en amour et en amitié, mais papillon en littérature puisqu'il publie des articles sur tout et n'importe quoi dans les revues les plus variées, depuis la *NRF* — temple du goût littéraire français — jusqu'à des périodiques de turf en passant par la presse féminine, des magazines plutôt réacs, et bien entendu le quotidien *La Montagne* à qui il donne presque neuf cents chroniques se terminant toutes par « Et c'est ainsi qu'Allah est grand ». L'esprit assez logique pour faire maths sup et maths spé, assez souple pour s'orienter ensuite vers la faculté d'allemand et devenir germaniste, et assez potache pour inventer des proverbes bantous lorsqu'il a besoin de justifier une intuition — saugrenue de préférence.

Dès l'adolescence il se lie avec Paul Pourrat, dont le frère Henri — auteur de *Gaspard des montagnes* — jouit déjà d'une belle popularité et le présentera à Jean Paulhan. En 1922, Vialatte part travailler en Allemagne, et collabore à *La Revue rhénane*, grâce à la recommandation de Jean Paulhan. En 1924 il accomplit son service militaire à Berlin, où il frôle peut-être Dora Diamant et Franz Kafka, encore inconnu du grand public. L'année suivante il découvre avec enthousiasme *La Métamorphose* et la première édition posthume du *Château*, qu'il entreprend de traduire. Il tient Kafka pour un humoriste, ce qui relève d'une sagacité réelle et pourtant légèrement fallacieuse : on sait par Max Brod que le Tchèque faisait rire ses amis lorsqu'il leur lisait ses textes, mais sans doute avait-il conscience de ne pas se réduire à un fantaisiste cherchant la truculence. Pour ma part, j'ai souvenir d'avoir éprouvé surtout de la gêne, de l'anxiété ou de la perplexité en lisant Kafka, et quand une de ses trouvailles verbales me fait rire, ce n'est jamais à gorge déployée. Soit l'humour tchèque m'échappe, soit Vialatte exagérait.

Avec un siècle de recul, on se méprendrait facilement sur les liens qui ont attaché à jamais les figures de Vialatte et de Kafka. Si le Tchèque fait maintenant partie du panthéon littéraire mondial, il était considéré comme un nouvelliste original mais de faible magnitude lorsqu'un jeune journaliste auvergnat entreprit de le traduire. Ses trois romans, inachevés, son journal et une partie de sa correspondance ont été sauvés par son ami Max Brod à qui il avait pourtant demandé de les brûler. Lui-même, avec l'aide de Dora, a détruit de nombreux manuscrits avant de quitter l'Allemagne. On sait que Dora avait gardé un fonds d'archives important, qu'elle a remporté à Berlin après la mort de son compagnon. En 1933, peu après l'accession au pouvoir d'Hitler, la Gestapo l'a saisi, et personne n'en a rien retrouvé depuis. À sa mort, l'auteur que Vialatte entreprend en 1925 de tirer de l'anonymat n'a guère publié que *La Métamorphose*, *Le Verdict*, quelques proses courtes et quelques fragments de ses deux premiers romans, *Le Procès* et *Le Disparu* — longtemps connu sous le titre *L'Amérique*. Vialatte, qui s'attaque par ailleurs à la traduction de monstres sacrés — Goethe, Thomas Mann, Hofmannsthal — se met en devoir de partager son enthousiasme de pionnier, signe d'un jugement sûr et d'une générosité sans repos.

Il arrive souvent, lorsqu'un auteur tenu pour un plumitif se révèle un écrivain majeur, que la sacralisation tardive dont il fait l'objet se retourne contre ses découvreurs. À partir des années cinquante ou soixante, quand l'œuvre de Kafka est devenue un de ces monuments qu'on ne visite plus qu'avec déférence et en ôtant son chapeau, Max Brod et Alexandre Vialatte se sont retrouvés la cible d'attaques à la fois fondées et injustes. Max Brod, qui a eu le courage de ne pas obéir à l'injonction de Kafka et de transporter en Palestine les manuscrits pour les sauver d'un saccage certain par les nazis, est accusé d'avoir écrit une biographie approximative et d'avoir trahi les ouvrages de son ami par des titres erronés ou un mauvais séquençage des chapitres. De son côté, Alexandre Vialatte est accusé de réécriture sous couvert de traduction : il aurait vialattisé Kafka. Aujourd'hui, ses traductions ont pratiquement toutes été remplacées par d'autres, jugées plus respectueuses des textes sources, dans les éditions qui font autorité. On lit même, ici et là, qu'il comprenait mal l'allemand et que sa femme corrigeait ses fautes. Mais, pour les *Lettres à Milena*, je ne connais que sa traduction, dont l'édition de poche me suit de déménagement en déménagement depuis que j'ai découvert Margarete Buber-Neumann à l'émission de Bernard Pivot.

Sa planète tient de l'astéroïde et n'a guère plus de masse que la chaîne des Puys. Certes, elle pèse son poids de basalte, mais manque malgré tout de gravité : à peine Vialatte force-t-il sur son pied d'appui qu'il bondit à plusieurs mètres de haut et retombe dans un éclat de rire. C'est l'impression que donnent ses chroniques, écrites à sauts et à gambades et dont on peut retenir que l'éléphant est irréfutable ou qu'il faut profiter de l'ornithorynque. Vialatte a rencontré la gravité terrestre entre 1939 et 1944, et elle lui a fait éprouver une oppression tellement pénible qu'il a essayé de se suicider. Parfois, emporté par son allégresse désenchantée, il se laisse aller à des critiques oiseuses de l'art moderne ou à des pointes dignes de *Tintin au Congo*, pays dont les fruits lui étaient chers — mais il fréquente Jean Dubuffet et Brâncuşi. On a du mal à l'épingler dans une généalogie littéraire, mais tout laisse penser qu'en dépit de quelques opinions conservatrices il représentait un modèle de bonté, et on peut affirmer avec certitude que les amateurs de littérature lui doivent beaucoup. Il est fort possible que son côté *Auvergnat un jour, Auvergnat toujours* explique, outre son succès à Clermont-Ferrand, le relatif désaveu dont il pâtit à Paris. Laure, qui n'était ni parisienne ni auvergnate, le tenait en haute estime, et cela suffit à me le faire aimer.

WOLFSON

Il faut se méfier des diagnostics psychiatriques, tant ils trahissent souvent les personnes à qui ils s'appliquent. Ainsi de Louis Wolfson, qui se désigne lui-même comme « le schizophrène », « le schizo » ou « le psychotique », mais qui présente surtout des traits autistiques. Il faut dire que, né en 1931 et malade dès l'enfance, il est arrivé au monde douze ans avant que le concept d'autisme soit clairement établi par Leo Kanner et diffusé dans la communauté médicale. Sans doute reprend-il à son compte un diagnostic de schizophrénie infantile posé, faute de mieux, par le premier psychiatre qui l'a examiné.

De son père, juif lituanien émigré à New York, on sait qu'il s'agit d'un homme oisif et pauvre, qui aurait présenté une fragilité mentale. Juive également, sa mère occupe un emploi subalterne, parle fort d'une voix plutôt désagréable, mais elle peut parler de manière très suave, par exemple lorsqu'elle téléphone à un professionnel de santé pour fomenter l'internement de son fils. En outre, la rougeole lui a fait perdre un œil, qu'elle remplace la journée par une prothèse en verre qu'il lui faut quitter la nuit.

Formé au moment de la crise de 1929, le couple a rapidement divorcé et madame s'est remise en ménage avec un compagnon issu de la classe moyenne peu éduquée, décrit comme un beau-père hostile envers « le schizo » : le parfait complice des internements et des électrochocs dont Louis sort avec le cerveau *toasté*.

L'histoire de cet homme aurait pu se résumer à la banale chronique d'un handicapé incompris si Wolfson n'avait décidé de faire connaître, au moyen d'un livre, sa technique de défense psychique. Celle-ci repose sur une protection de chaque instant contre sa langue maternelle. Dès sa grande enfance, il ne supporte pas qu'avec ses cordes vocales, sa mère fasse vibrer l'air dans son conduit auditif externe, mette en résonance son tympan, active le jeu de ses osselets et conduise à son cerveau les inutiles messages anglophones par lesquels elle perturbe sa quête d'homéostasie mentale. Donc, il peaufine des stratégies d'évitement sonore — en se bouchant les oreilles avec ses doigts ou ce qu'il appelle des *écouteurs stéthoscopiques*, ou encore en faisant jouer à fond sa radio — et, lorsqu'il n'a pas pu s'empêcher d'entendre un message en anglais, il s'empresse de le transformer en message non anglais selon un procédé qu'il améliorera année après année. Lui-même parle, par approximation, de traduction en langue schizophrénique : Wolfson apprend le français, l'allemand, puis le russe et l'hébreu, et de ces quatre langues il forme une langue n'appartenant qu'à lui, dans laquelle il cherche à reproduire à peu près le son et à peu près le sens de l'énoncé anglais honni. Par exemple, Broadway devint Breitvoie, de l'allemand *breit* signifiant large, comme *broad*, et du français *voie* ressemblant à *way*.

Derrière ce bricolage s'élabore une théorie phonologique selon laquelle l'ossature de chaque mot, représentée par les consonnes, doit être conservée fût-ce au prix de transformations obéissant à des règles complexes, tandis que les voyelles supportent d'être changées comme dans les langues consonantiques. Ainsi la phrase *Don't trip over the wire* (Ne trébuche pas sur le fil) devient-elle *Tu'nicht tréb über èth hé zwirn*, construite avec de l'allemand, de l'hébreu et un fragment de mot français. Ainsi, Wolfson passe l'essentiel de ses journées à mémoriser du vocabulaire dans les langues étrangères qu'il étudie, tout en s'efforçant de mettre au point un système de traduction quasi simultanée. Mais il est issu d'un milieu modeste, et sa pauvreté l'empêche de voyager pour apprendre les langues étrangères par immersion linguistique. Il en découle qu'il apprend des langues théoriques, dénuées de tournures idiomatiques et farcies de vocabulaire technique, donc à la fois très savantes et très éloignées du parler ordinaire.

C'est ainsi qu'il écrit à la trentaine un premier livre dans une langue qu'il croit être le français et qui s'en rapproche parfois beaucoup : *Le Schizo et les langues*. On y découvre un témoignage pathétiquement précis de la survie d'un autiste en milieu hostile, écrit à la troisième personne. Le texte, souvent simple décalque d'anglais traduit à la serpe — « J'admets, le père du schizophrène continua-t-il, que je ne peux parler russe » —, est semé de préciosités insolites — « Par ce beau jour-là, il y avait beaucoup de martelage dans un de ces jardins, celui d'une des deux maisons voisines, trois ouvriers y mettant en pièces le portique postérieur pour en faire un nouveau ». Wolfson n'utilise jamais le pronom *je* mais endosse toujours le statut de l'*étudiant en langue schizophrénique* ou du *jeune homme mentalement malade*. Il détaille ses obsessions et ses manies : hantise de se faire contaminer par des œufs, des larves ou des parasites ; calcul des calories ingérées ; études linguistiques passant par l'apprentissage de technolectes, par exemple le nom des muscles et des tendons de la jambe en allemand ; recherche de la meilleure recette pour le pliage des vêtements. Sans oublier l'évocation, dans sa langue absolument étrangère à toute métaphore, d'un fiasco avec une prostituée qu'il quitte « sans avoir trouver [*sic*] aucune joie, aucun ravissement, entre les lèvres de sa vulve ni dans son vagin ».

Son manuscrit atterrit en 1963 chez Gallimard, où il reçoit un accueil contrasté : Raymond Queneau s'émerveille de ce registre de langage à proprement parler inouï, tandis que Jean Paulhan, soupçonnant peut-être une supercherie, rechigne à le publier. Sans doute se chamaille-t-on un peu dans les salons feutrés de la rue Sébastien-Bottin tout en essayant de mieux cerner les motivations de l'expéditeur — lequel ne timbre pas assez ses lettres et ralentit considérablement les échanges. D'autres grands lecteurs entrent dans la danse, dont Gilles Deleuze qui écrit une préface, et Jean-Bertrand Pontalis qui décroche le droit d'accueillir l'ouvrage dans la collection « Connaissance de l'inconscient » en 1970.

On pourrait imaginer Wolfson heureux d'être préfacé par un philosophe de renom et publié dans une collection huppée chez un éditeur prestigieux, mais les sept ans de tractations ont fait naître en lui des soupçons inattendus. En 1970, Georges Pompidou est reçu en visite officielle aux États-Unis, et notre soi-disant schizo suspecte Gallimard d'avoir attendu cette visite dans l'espoir que lui, Wolfson, essaie de tuer le président français, ce qui créerait un tapage médiatique commercialement profitable. On peut voir là un délire psychotique, ce qui corroborerait le diagnostic officiel. On peut aussi y voir un biais de compréhension lié à un mode de pensée autistique. On peut enfin supposer que Wolfson présente à la fois un trouble autistique et une schizophrénie. Il est strictement impossible de trancher entre ces trois lectures, mais je connais beaucoup de confrères qui seraient prêts à se brouiller à mort pour imposer celui de ces points de vue qu'ils tiennent pour une vérité définitive.

Maman, *mama* dans les langues romanes et en chinois ; *mother* ou *mutter* dans les langues anglo-saxonnes ; *maan* en hindi ; *umi* en arabe ; *imayé* en amharique : pour une très large majorité d'humains, l'idée de mère est étroitement liée à la consonne « m ». En 1975, quand la mère de Wolfson se découvre un cancer de l'utérus, se développant donc à l'endroit où il s'est lui-même développé, quarante-cinq ans plus tôt, il l'accompagne ou lui rend visite sans relâche au centre anticancéreux où elle finira par s'éteindre deux ans plus tard. Mais c'est peu dire qu'il manque d'empathie : isolé par ses écouteurs et presque mutique lorsqu'il se trouve auprès d'elle, il s'intéresse essentiellement à des martingales de turf et n'en finit pas de soupeser les chances de tel trotteur ou de tel driver en tenant compte d'une foule de paramètres plus ou moins rationnels. Par ailleurs, il caresse l'espoir d'une troisième guerre mondiale assez bien conduite pour se terminer par l'émiettement de la planète en une série d'explosions thermonucléaires « salvatrices ». Chaque bulletin d'informations ravive et déçoit son espoir d'une destruction totale, il juge les présidents russe et américain terriblement pusillanimes. En guerre contre sa langue maternelle, il l'est également contre sa judéité, et dénonce le rôle de « ce sale putain de Juif de Kissinger » dans le processus de dénucléarisation. De cela, il donne une chronique ahurissante dans son deuxième et dernier livre, *Ma mère, musicienne, est morte de maladie maligne à minuit, mardi à mercredi, au milieu du mois de mai mille977 au mouroir Memorial à Manhattan*, titre destiné à suggérer qu'elle serait morte *allitérativement*. Désormais orphelin, il s'installe à Montréal pour ne plus entendre trop d'anglais, gagne en 2003 une grosse somme à une loterie électronique, en dilapide l'essentiel et déménage à Porto Rico où il attend, encore au moment où j'écris ces lignes, la fin du monde.

X

Construit sur une diabolique série de contraintes, *La Vie mode d'emploi*, célèbre « romans » de Perec, apparaît comme un livre labyrinthique et protéiforme. On y découvre la vie des habitants d'un immeuble parisien, le 23 juin 1975 à presque huit heures du soir. Il faut imaginer l'immeuble façade ouverte, comme une maison de poupée. Des caves aux chambres de bonne, il compte dix niveaux. En largeur, on lui voit dix fenêtres qui éclairent des pièces privatives ou des parties communes, et en sous-sol on lui connaît dix portes de cave, ce qui donne un damier de cent cases. Chacun des quatre-vingt-dix-neuf chapitres du livre évoque un de ces espaces, dont un seul restera inexploré : l'univers de Perec serait incomplet s'il ne comptait un manque. L'ordre des chapitres est organisé par l'algorithme de la marche du cavalier aux échecs, et les différentes contraintes sont elles aussi distribuées sur un damier de cent cases, inspiré des sextines médiévales et appelé *pseudo-quenine* ou *décine* :

1	2	4	8	5	10	9	7	3	6
2	4	8	5	10	9	7	3	6	1
3	6	1	2	4	8	5	10	9	7
4	8	5	10	9	7	3	6	1	2
5	10	9	7	3	6	1	2	4	8
6	1	2	4	8	5	10	9	7	3
7	3	6	1	2	4	8	5	10	9
8	5	10	9	7	3	6	1	2	4
9	7	3	6	1	2	4	8	5	10
10	9	7	3	6	1	2	4	8	5

L'un des personnages principaux du livre se nomme Percival Bartlebooth. Homme richissime et parfaitement désœuvré, il a concocté jadis un projet de vie singulier : pendant dix ans, malgré son évidente absence de disposition pour la peinture, il va apprendre les techniques de l'aquarelle à raison d'une leçon par jour auprès de Valène, maître sceptique mais convaincu des valeurs de l'obstination — « En dix ans, on arrive à tout » — et grassement payé, ce qui aide. Les vingt années suivantes, Bartlebooth voyagera de port en port. Il séjournera quinze jours dans chacun d'eux, pour y peindre une marine au format raisin qu'il enverra à son voisin Gaspard Winckler, sculpteur de son état. Celui-ci collera l'aquarelle sur une planche de bois, la découpera en un puzzle de sept cent cinquante pièces qu'il conservera dans un coffret. Les vingt années suivantes, de retour chez lui, Bartlebooth a prévu de reconstituer les cinq cents puzzles, de mémoire naturellement puisqu'il n'a pas de modèle. Ensuite, il les fera traiter par un autre voisin, Morellet, chimiste qui a inventé une solution colloïdale pour retexturer la feuille, et un moyen de la décoller de sa planche sans l'endommager. Après quoi Bartlebooth, muni de ses aquarelles reconstituées, retournera dans chacun des ports où il les a peintes, et dans chacun trempera la marine qui le représente dans l'eau, afin de retrouver une feuille de papier Whatman vierge. À partir de là, si Bartlebooth était, comme Sisyphe, condamné par les dieux à vivre éternellement, il pourrait recommencer jusqu'à la fin des temps le cycle peinture, découpage, reconstitution et effacement. Mais il n'est qu'un mortel et, ce 23 juin 1975, à presque huit heures du soir, il meurt à sa table sur son quatre cent trente-neuvième puzzle auquel il ne manque plus qu'une pièce. Elle manquera pour l'éternité car, même immortel, Bartlebooth n'aurait pu compléter l'image : sa main à jamais inerte serre une pièce en forme de W, alors que le trou dans l'image dessine la silhouette d'un X — le dix des Romains, l'anonyme des plaintes et des accouchements, l'inconnue de toute équation.

Comme pour tout un chacun, l'histoire de Bartlebooth croise celle de dizaines d'autres, moins mémorables, et prend, ce 23 juin 1975, la forme d'une totalité close dont on ne peut plus rien retirer, à laquelle on ne peut plus rien ajouter. Bien que puissamment charpentée par un projet, sa vie apparaît dans toute son absurdité, mais une absurdité douce, qui déclenche un mouvement de tendresse et d'empathie. Alors, emporté par un élan d'identification plus ou moins facile à dompter, le lecteur s'avise que la mort le surprendra, lui aussi, devant un puzzle incomplet dont il ne possède pas la pièce manquante, celle après laquelle il aura couru toute sa vie et dont il aura peut-être entrevu, dans un dernier éclair de lucidité, l'impossible forme.

YERSINIA

Récemment popularisé par un ouvrage de Patrick Deville, Alexandre Yersin naît en 1863 dans le canton de Vaud, étudie la médecine à Paris, travaille avec Louis Pasteur, montre des dons exceptionnels pour la microbiologie mais s'ennuie au laboratoire et rêve de voyages. En 1890, l'année où il vient à Rimbaud une varice maligne au genou et la fantaisie de se marier, il s'engage comme médecin de bord des Messageries maritimes et part en Indochine via le canal de Suez et le golfe d'Aden. Il ne peut pas se douter, en doublant Djibouti, que sa route frôle celle d'un poète acharné à vendre des chapelets aux Abyssins, ni qu'un de ses confrères aura bientôt à soigner, sur le même bateau peut-être mais dans l'autre sens, cet ex-poète vendeur de bondieuseries partant se faire amputer la jambe droite à Marseille. Pour l'heure, Yersin vogue vers Saigon où il réussira à se faire missionner pour explorer le protectorat d'Annam.

Quatre ans plus tard, une épidémie de peste bubonique ravage le sud des côtes chinoises. Sachant que Yersin n'en est pas très loin, Pasteur le convainc d'aller étudier la maladie à Hong Kong. Notre homme s'y retrouve en concurrence avec une équipe de chercheurs japonais, rivaux mieux traités par les autorités locales parce que proches de l'Allemand Koch, le grand rival de Pasteur. Ce traitement de faveur n'aura pas l'effet escompté : les Japonais travaillent dans des conditions meilleures pour eux, mais néfastes pour le microbe de la peste. Armé de moyens dérisoires, Yersin publiera fin juillet sa découverte du bacille auquel il donnera son nom, *Yersinia*, alors que Kitasato, croyant découvrir le germe de la peste, décrira un mois plus tard le pneumocoque, responsable de la pneumonie.

Après quoi Yersin lâche autant que possible la médecine, se passionne pour l'agronomie, cultive des hévéas et vend ses premières récoltes de caoutchouc aux frères Michelin qui viennent de monter une petite entreprise de pneus. Pasteur, qui ne veut pas perdre un correspondant aussi précieux, lui confie la responsabilité d'instituts mais ne parvient pas à l'empêcher de s'intéresser davantage à la culture du palmier à huile, du café, du cacao et du *Cinchona* dont on extrait la quinine. Par ailleurs, Yersin crée la station thermale de Dalat, promise à devenir une ville. Il soigne, explore, pense, rêvasse. Selon toute vraisemblance, il ne se doute pas qu'un confrère, comme lui médecin et explorateur, sillonne des contrées un peu plus septentrionales : Victor Segalen. Il occuperait probablement une assez bonne place dans une histoire des non-rencontres, si un jour un historien s'intéressait à ce sujet universel.

Yersin aura non seulement découvert le bacille de la peste bubonique, mais il aura inventé le premier sérum antipesteux. Hélas, le remède marche médiocrement, et échoue à enrayer une nouvelle épidémie survenue en 1896 à Canton. Ironie de l'histoire, quelques années plus tard il ne réussit pas à isoler le germe de la peste bovine, mais invente un sérum hautement efficace contre l'épizootie. Signe que savoir et pouvoir ne marchent pas toujours aussi solidairement qu'on veut bien le dire.

L'histoire longue de la science qui étudie les bestioles dont nous provenons — protophytes, champignons, bactéries, plasmides, protozoaires, protistes — nous enseigne que depuis l'apparition de la vie sur terre sous forme d'archéobactéries et d'algues primitives, il y a quatre milliards d'années, la lente sophistication du vivant est passée par des interactions de toutes sortes entre micro-organismes : alliances flottantes et marchés de dupes, mises en esclavage et mutineries d'esclaves, tueries expéditives et mariages de raison. À l'intérieur même de chacune de nos cellules persistent les avatars lointains de ces compagnonnages plus ou moins belliqueux, par exemple sous forme de mitochondries. Il s'agit de minuscules bactéries ayant pénétré la cellule pour profiter d'elle, et qui ont été victimes d'une contre-attaque à l'issue de laquelle elles ont perdu la capacité de survivre en dehors de leur hébergeur, dont elles sont devenues les obligées en tant que fournisseurs d'énergie.

Au sein des bactéries, on distingue les anaérobies qui craignent l'oxygène, les aérobies qui en ont besoin pour vivre, et d'autres, intermédiaires, qui s'adaptent au contexte. Les aérobies se partagent en deux grands groupes, les cocci — staphylocoques, streptocoques, entérocoques — et les bacilles. Les bacilles se subdivisent eux-mêmes en coccobacilles et entérobactéries. Parmi les entérobactéries, on distingue *Proteus*, dite commensale car elle n'entraîne aucune maladie ; *Serratia* et *Escherichia coli*, souvent commensales mais susceptibles d'entraîner des infections opportunistes de l'intestin ou des septicémies ; *Citrobacter*, *Enterobacter*, *Salmonella* et *Shigella*, pourvoyeuses de diverses maladies graves mais curables ; et *Yersinia*, dont il existe plusieurs variétés. Parmi elles, *Yersinia ruckeri*, qui infecte les poissons ; *Yersinia entomophaga*, néfaste aux insectes ; *Yersinia wautersii* dont on connaît mal la toxicité pour l'homme ; *Yersinia enterolitica* et *Yersinia pseudotuberculosis* donnant des infections curables ; et enfin, sa majesté *Yersinia pestis*, responsable des trois formes de peste — bubonique, pulmonaire et septicémique —, qui ont longtemps siégé au panthéon des maladies mortelles.

À une époque lointaine où je n'osais pas encore douter du modèle conjugal hérité de ma mère, j'ai fréquenté une femme qui m'a fait vivre le martyre de l'apprentissage amoureux. J'aurais voulu être son horizon mais je manquais de largeur d'épaules — alors que, du trône où je l'avais perchée, elle embrassait des panoramas qui me débordaient de toutes parts. Lorsqu'il lui plaisait de se faire aimer de moi, elle n'avait qu'à siffler pour que j'accoure, béat, inféodé — insupportablement docile, sans doute, mais bien incapable de m'en rendre compte. Lorsqu'elle se lassait de mon admiration, elle m'éconduisait d'une pichenette et je repartais, meurtri quand je n'étais pas désespéré, jusqu'à ce qu'elle me siffle pour me rappeler. En général, cela se produisait lorsque je ne m'y attendais plus, et je lui revenais au galop, dans un monde soudain réenchanté, jusqu'à ce qu'elle m'exile à nouveau dans mon purgatoire. Cette douche écossaise m'a occupé quelques années, puis j'ai admis que la tiédeur, malgré ses périls, ne manquait pas de charme — et j'ai repris ma liberté. À l'époque où elle me faisait ainsi saigner le cœur, nous étudiions de concert la microbiologie, et je la surnommais in petto Yersinia. Pas *Yersinia pestis*, c'eût été lui donner trop de prestige, mais Yersinia tout court. Ce surnom lui allait bien. Toutefois, de peur de la vexer et de la perdre définitivement, je n'ai jamais osé l'appeler ainsi. Avec le recul, je suis presque sûr qu'il s'agissait d'un excès de prudence : elle se serait sentie flattée, et qui sait si nos relations ne s'en seraient pas mieux portées ?

ZWEIG

« Est-ce que l'on sait où l'on va ? » demande malicieusement Diderot au début de *Jacques le fataliste*. Oui, c'est même la seule certitude dont nous puissions nous prévaloir, mais nous ne connaissons pas le chemin qui nous y conduit — et c'est probablement pourquoi nous érigeons l'ignorance au rang de passion cardinale.

La vie de Stefan Zweig ressemble à un kaléidoscope où le plaisir d'apprendre côtoie la soif d'ignorer — où la grâce et l'horreur se disputeront longtemps la préséance. Né en 1881 dans une famille juive aisée de Vienne, il endure ses années de lycée comme une peine de bagne, mais à partir de ses vingt ans la vie lui sourit, et son intelligence lui ouvre toutes les portes avant de l'abattre. Il publie en 1901 son premier recueil de poèmes, écrit des essais pour la revue où travaille Theodor Herzl, rencontre Richard Strauss et Hugo von Hofmannsthal. Puis, tout en montrant une prolixité littéraire impressionnante, il parcourt l'Europe, se lie d'amitié avec Romain Rolland en France et avec Émile Verhaeren en Belgique, croise la route de

Rainer Maria Rilke à Paris et celle de William Butler Yeats à Londres. Plus tard il fréquentera Arthur Schnitzler, Lou Andreas-Salomé et Sigmund Freud. À la Belle Époque, il voyage en Inde, au Canada, aux États-Unis. Sans doute papillonne-t-il jusqu'à son coup de foudre en 1911 pour une femme mariée : Friderike Maria Burger, qui divorcera pour l'épouser, à peu près au moment où Kafka se fiance avec Felice, et où Gavrilo Princip révolvérise l'archiduc François-Ferdinand à Sarajevo. Dans les semaines qui suivent, l'Europe sombre dans le chaos de la Grande Guerre. Zweig la traverse comme il peut, travaille aux archives militaires, est rendu à la vie civile avant l'armistice, continue d'écrire sur un rythme soutenu. Arrivent ensuite les années du succès servi par sa prodigieuse prolixité : il publie des biographies, des nouvelles, des pièces, un livret d'opéra, des articles ; donne des conférences dans le monde entier ; est traduit dans toutes les langues ; fréquente les palaces et jouit d'une opulence qui ne l'empêche pas de découvrir les ghettos juifs d'Europe centrale. Il parvient de moins en moins à ignorer le drame qui s'y prépare. En 1933, l'accession au pouvoir d'Hitler confirme ses pressentiments, d'autant qu'on brûle ses livres sur une place de Berlin à peu près au moment où disparaissent les manuscrits confiés par Kafka à Dora Diamant. Lui qui, dans une pirouette, se dit juif par le hasard de la naissance de ses parents se sent en danger pour le même motif, à la fois capital et ténu. Mais, autour de lui, on cultive mieux l'insouciance : Romain Rolland voudrait le convertir au marxisme-léninisme, Richard Strauss ne pense qu'à faire jouer son dernier opéra, et Friderike le tient pour un oiseau de mauvais augure. Rongé par une lucidité d'autant plus douloureuse qu'elle est portée à son débit, Zweig se détache d'elle et, en février 1934, ayant compris que rien n'arrêterait la rage aryaniste du Führer, il s'exile à Londres. Il s'y liera avec Charlotte Elisabeth Altmann, sa secrétaire, de vingt-sept ans sa cadette — qu'il surnomme Lotte en pensant probablement à l'héroïne de Goethe pour qui Werther s'est suicidé. Lorsque éclate la guerre d'Espagne, il part au Brésil, où il écrit une biographie de Magellan malgré le supplice d'une dépression qui barre son horizon. En 1938, la nouvelle de l'Anschluss lui arrive à Londres, où il vient de rentrer et où Freud, âgé de quatre-vingt-deux ans, ne va pas tarder à se réfugier aussi. Les deux hommes s'y retrouvent. Après une visite de Zweig à Freud, celui-ci écrit à celui-là qu'il a oublié « des gants, et je ne sais quoi » — son âme, sans doute — dans l'appartement d'Elsworthy Road, ce qu'il interprète psychanalytiquement comme une promesse de revenir. Le 3 septembre 1939, l'Angleterre et la France déclarent la guerre à l'Allemagne, et trois semaines plus tard Freud jette l'éponge. Zweig fait alors paraître son unique roman, *La Pitié dangereuse*, avant de s'exiler à New York où sa germanité lui vaut un accueil mitigé. Aussi, avec Charlotte, retourne-t-il en 1940 au Brésil où il restera désormais, à l'exception de brèves retrouvailles new-yorkaises avec Friderike.

À Petrópolis, où il a établi sa villégiature, il écrit son autobiographie. Il habite une maison nichée dans la végétation tropicale, et c'est dans la touffeur de ce pays aux saisons peu tranchées qu'il revisite son passé : la neige des hivers viennois, l'Europe qu'il a arpentée en tous sens durant sa jeunesse, ses amis perdus. Faute d'archives, il écrit de mémoire mais commet très peu d'erreurs factuelles. Chaque mauvaise nouvelle de la guerre — la rupture du pacte germano-soviétique, le bombardement de Pearl Harbor, la chute de Singapour — le plonge un peu plus dans le désespoir contre lequel il écrit. Mais il sent bien que la langue dans laquelle il tente de fixer son passé n'en finit pas de creuser, dans sa représentation de soi, un trou qu'aucune pièce de puzzle ne saurait combler. Peu importe : à soixante ans, il sait que sa seule chance d'être lui-même arrive à son terme, et voudrait laisser un autoportrait aussi fidèle que possible. Début février 1942, profondément déprimé, il va chercher du réconfort moral auprès de Georges Bernanos, qui vit à Barbacena, dans un État voisin. Pour ce qu'on en sait, il y reçoit un accueil attentif et prévenant, ce qui relève de l'énigme absolue : l'épigone d'Édouard Drumont, pourfendeur infatigable de la « judéocratie » et capable d'affirmer qu'Hitler a « déshonoré l'antisémitisme », s'emploie à soutenir l'élan vital d'un juif mécréant accablé par la folie nazie. La scène se passe dans un restaurant proche de la demeure louée par Bernanos, *La Cruz das Almas* — La Croix des Âmes, un nom qui résonne étrangement dans ce contexte. Quoi que les deux hommes se soient dit, il est trop tard : de retour à Petrópolis, Zweig a décidé d'en finir, et Lotte, malade et malheureuse, est résolue à l'accompagner. Il met la dernière main à son manuscrit, intitulé *Le Monde d'hier*, l'envoie à son éditeur le 21 février et, le lendemain, après avoir écrit un mot demandant à des amis de recueillir leur chien, Lotte et lui absorbent ce qu'il faut de Veronal pour mettre un terme à leur calvaire. Le projet a été monté avec une rigueur toute germanique, leur suicide est un modèle d'efficacité.

Écrire pendant des mois *Le Monde d'hier* et se suicider aussitôt après le point final rappelle la dissymétrie fondamentale de notre rapport au néant : nous y retournons beaucoup plus vite que nous n'en sommes sortis. Car, si nous provenons d'un maelström brassant depuis le fond des âges l'aveugle pulsion de se survivre et le génome du vivant, il ne nous faut qu'une seconde pour basculer irrévocablement dans le non-être. Zweig le sait bien lorsque, ce 22 février 1942, il capitule et quitte un monde devenu fou. Sans doute espère-t-il que son œuvre prolongera son existence dans la mémoire collective, mais sans doute comprend-il aussi qu'aucun livre n'épuise le projet dont il procède, même si tous naissent, peu ou prou, de cette illusion.

Mais revenons à ce 16 juillet 1882 où, âgé de sept mois, il jouit encore de la complète ignorance de la gloire et de l'horreur qui l'attendent dans les replis du futur. Malgré ses vingt-six ans, Freud n'en sait pas beaucoup plus, qui, son sac de voyage dans une main, sa lettre dans l'autre, quitte la brasserie et va chercher une boîte postale dans Teschen, aujourd'hui Cieszyn en polonais, Ćešyn en silésien. Son train part en fin de soirée, il a bien le temps de flâner le long des quais de la rivière Olza, qu'il prend pour l'Elbe : cette eau sur laquelle il imagine pouvoir naviguer jusqu'à Hambourg alors qu'elle le conduirait à Stettin. *Est-ce que l'on sait où l'on va ?* Oui, mais chacun peut s'accorder le plaisir de se perdre en chemin. Freud ne s'en prive pas, qui déambule dans la ville inconnue, ivre de lumière, rassasié d'encre et fier de se sentir un pouvoir d'érosion sur les stéréotypes de l'atmosphère victorienne dans laquelle il baigne. Il ne sait probablement pas qu'il va inventer la psychanalyse et consacrer les décennies de vie qui lui restent à explorer la question de l'origine, laquelle résiste par nature à tout effort d'élucidation. Peu importe, à travers Sophocle, Shakespeare et Nietzsche, il vient — comme nous tous — de la nuit des temps, et il va là où l'amour l'appelle : inutile de chercher d'autre certitude, emboîtons-lui le pas.

Composition : IGS-CP à L'Isle-d'Espagnac (16)
Achevé d'imprimer
par CPI Firmin-Didot
à Mesnil-sur-l'Estrée, en décembre 2022
Dépôt légal : décembre 2022
Numéro d'imprimeur : 172935

ISBN : 978-2-07-296219-6/Imprimé en France

401029